W0222429

PAPERISH

Anika Hasse

München steht Kopf

Oh du wunderliche Weihnachtszeit!

1. DEZEMBER

Paul sitzt mit seiner Mutter in der U-Bahn in Richtung Münchner Freiheit. Sie sind auf dem Heimweg. Die Bahn ist gesteckt voll, und alle um sie herum wirken gestresst und genervt. Paul sitzt wie immer auf der Bank ganz hinten in der Mitte, neben seiner Mama und kann von dort aus alles perfekt beobachten und überblicken. Paul liebt diesen Platz. Er findet U-Bahn-Fahren total spannend, da es hier immer viel zu entdecken gibt. Einmal hatte er sogar einer alten Dame ihren Regenschirm hinterhergetragen, weil die ihn gedankenverloren vergessen hatte, denn Paul entgeht nichts. Er hält sich nämlich selbst für den besten Beobachter der Welt.

Doch heute passiert nicht viel in der U-Bahn, denn wirklich jeder ist nur mit seinem Telefon beschäftigt. Paul ärgert sich, denn er besitzt immer noch keins, obwohl er schon acht Jahre alt ist. Anscheinend ist er auch weit und breit der Einzige, der kein Telefon besitzt. Sogar Tobias aus der Parallelklasse, der zwei Monate jünger ist, hat eins. „Hoffentlich bekomme ich zu Weihnachten auch endlich ein Handy", denkt Paul.

Seine Mutter neben ihm, schaut ebenfalls nur auf das blöde Ding. „Was machen die denn da alle die ganze Zeit?", wundert sich Paul.

Er würde ja hauptsächlich Spiele spielen, aber ob das die Erwachsenen auch alle tun? Seine Mutter jedenfalls schreibt Pauls Papa dauernd Nachrichten, was er bitte noch alles besorgen soll. Gleichzeitig schreibt sie ihrer Schwester, macht irgendwelche Termine aus und surft im Internet. Als Paul so umherschaut, entdeckt er plötzlich einen älteren Herrn. Er muss wohl gerade erst zugestiegen sein, denn ihm ist er davor nicht aufgefallen. Der Mann hat einen kugelrunden Bauch, einen weißen Vollbart, eine Opi-Brille auf der Nase, weißes Haar und ein gestreiftes Hemd mit Hosenträgern. Paul denkt kurz: „Der sieht ja aus wie der Weihnachtsmann!" Kichernd ermahnt Paul sich selbst: „So ein Quatsch, nur kleine Kinder glauben noch an diesen ganzen Kram, oder?" Der Herr schaut Paul lächelnd an. Er ist tatsächlich der Einzige, der kein Telefon in der Hand hält und die Leute um sich herum beobachtet. So wie Paul. Als er den Mann nett zurück angrinst, zwinkert dieser ihn frech mit einem Auge zu. „Netter Herr", denkt sich Paul. Plötzlich wird Paul von seiner Mutter aus seinen Gedanken gerissen:

„So ein Mist, die Internetverbindung ist weg, ich wollte doch gerade das Buch für Papa bestellen!", ärgert sie sich.

„Es ist bestimmt nur ein Funkloch, Mama. An der nächsten Haltestelle müssen wir doch sowieso aussteigen. Da funktioniert bestimmt wieder alles", erwidert Paul ruhig.

Seine Mutter ist sichtlich genervt. Doch nicht nur Pauls Mama, alle um sie herum sind auf einmal unruhig und tippen ungeduldig auf die Bildschirme ihrer Telefone. In dieser ganzen Aufregung hat Paul den älteren Herren ganz vergessen. Er schaut in Richtung der Stelle, wo er gesessen hat, doch er ist verschwunden. Die U-Bahn ist so voll, dass er leider nicht bis zum Ende des Waggons schauen kann.

Bestimmt ist der Mann schon aufgestanden und Richtung Tür gegangen.

„Nächster Halt – Münchner Freiheit. Bitte alle aussteigen, dieser Zug endet hier!“, ertönt es aus den Lautsprechern. Auf dem Bahnsteig dreht sich Paul noch einmal um, aber er kann den Mann leider nirgendwo entdecken. „Komisch“, denkt er sich. Um Paul nicht in der Menschenmenge zu verlieren, hält seine Mutter ihn fest an der Hand und drängelt sich mit ihm Richtung Rolltreppe. In diesem Moment stolpert Paul über etwas Kleines und hat gerade noch genug Zeit, um es schnell aufzuheben, bis seine Mutter ihn auf die Rolltreppe zerrt. Paul löst sich aus dem Griff seiner Mutter und betrachtet neugierig seinen Fund. Er hält einen etwa vier Zentimeter kleinen, bunt angemalten Weihnachtsmann aus Holz, mit einer Kordel daran, in der Hand. „Offensichtlich ein Weihnachtsschmuck“, denkt sich Paul. Der Holzweihnachtsmann, grinst Paul frech an. „Moment mal, der sieht ja genauso aus, wie der verschwundene ältere Herr aus der U-Bahn!“, überlegt Paul nachdenklich.

Oben auf der Straße, versucht seine Mutter immer noch vergebens eine Internetverbindung mit ihrem Telefon herzustellen.

„Das gibt es doch nicht, hier muss es doch wieder funktionieren!“, schimpft sie.

Zu Hause angekommen, erwartet Pauls Vater die beiden schon ganz aufgeregt: „Habt ihr schon gehört? In ganz München funktioniert das Internet nicht mehr. Nicht einmal das W-Lan, alles ist offline! Im Radio sprechen sie von einem längeren Ausfall. Und das jetzt vor Weihnachten. Niemand kann sich erklären, wie es dazu kommen konnte. Es ist aus heiterem Himmel ausgefallen.“ Paul hört seinem Vater gespannt zu und überlegt, welche Folgen dieser Internetausfall haben wird. Er muss unbedingt mit seiner Freundin Elfi über alles sprechen. Paul rennt in sein Zimmer und die Tür knallt laut hinter ihm ins Schloss. Elfi wohnt mit ihren Eltern im selben Haus. Genau genommen in der Wohnung unter ihnen. Sie und Paul sind beste Freunde. Da Paul und Elfi keine Handys besitzen, haben die beiden sich erst letztens Walkie-Talkies von ihrem Taschengeld gekauft, um ständig heimlich miteinander reden zu können.

„Paul an Elfi – bitte melden!“ Ungeduldig wartet Paul auf eine Rückmeldung von Elfi. Nach gefühlten Minuten und wiederholten Anfunkversuchen, meldet sie sich endlich zurück:

„Paul?“, ertönt es aus dem Walkie-Talkie. „Bist du da?“

„Na endlich meldest du dich“, sagt Paul erleichtert.

„Hast du das mit dem Internet gehört?“, fragt sie aufgeregt.

„Klar, habe ich das gehört. Meine Eltern sind völlig ratlos“, entgegnet Paul.

„Du weißt doch, mein Onkel Gustav ist ein Computerspezialist. Seiner Meinung nach ist es möglich, dass das Internet für Wochen ausfallen kann. Dies ist wohl technisch sehr unwahrscheinlich, aber nicht auszuschließen!“

„Wie soll das Leben der Erwachsenen denn ohne Internet funktionieren? Es läuft doch fast alles über das Internet, oder?“, fragt Paul.

„Hmm“, murmelt Elfi leise. „Ehrlich gesagt, weiß ich das auch nicht so genau. Ich schlage vor, wir treffen uns morgen nach der Schule in unserem Versteck und reden über das alles, okay? Over and Out!“, ertönt es noch durch das Mikro.

„Geht klar. Ich muss dir sowieso noch etwas erzählen. Schlaf gut, Elfi. Bis morgen!“, funkt Paul müde zurück und stellt das Walkie-Talkie aus.

2. DEZEMBER

Als Paul in die Küche kommt, sitzen seine Eltern bereits am Frühstückstisch und halten beide eine Zeitung vor ihre Nasen. Nebenbei läuft das Radio, und spielt *„Jingle Bells“.* Auf dem Tisch steht ein Adventskranz mit vier roten Kerzen, von denen eine brennt. Es riecht herrlich nach Tannengrün. „So gemütlich“, denkt Paul.

„Guten Morgen, Mama, guten Morgen, Papa“, sagt er gut gelaunt.

Beide Eltern strecken ihre Hälse hinter der Zeitung hervor.

„Guten Morgen, Paul“ ertönt es gleichzeitig aus ihren Mündern. Pauls Vater wirkt niedergeschlagen, fast schon traurig: „Schön ist der heutige Morgen aber überhaupt nicht, mein Sohn. In der Zeitung schreiben sie, dass es bis Weihnachten kein Internet geben wird. Weißt du, was das für uns alle bedeutet?“ Paul ist sich nicht sicher, was das für alle bedeutet.

Sein Vater erklärt weiter: „Wir können keine Geschenke übers Internet bestellen, nicht mehr telefonieren und keine E-Mails versenden. Ich weiß gar nicht wie ich im Büro ohne Internet arbeiten soll. Alles bricht zusammen.

„Jetzt mach dem Jungen nicht so viel Angst,“ ermahnt Pauls Mutter seinen Vater. „Das wird schon alles wieder. Vielleicht tut es uns ja mal ganz gut, kein Internet zu haben. Vor allem in der Weihnachtszeit soll es ja um die inneren Werte und die Familie gehen, richtig Paul?“

Paul weiß nicht so recht, was er denken oder sagen soll. Irgendwie hat er ein mulmiges Gefühl. Da ertönt im Radio eine Eilmeldung:

„Liebe Münchner...“.

„Mach schnell lauter, Paul“, sagt sein Vater hastig.

„Leider müssen wir Ihnen mitteilen, dass das Internet noch Tage oder sogar Wochen ausfallen wird. Die Stadt versucht aber natürlich alles, um das Problem schnellstmöglich zu beheben. Glücklicherweise ist unser Geldsystem, unsere Lebensmittel- sowie Stromversorgung nicht betroffen. Lediglich das komplette Kommunikationssystem ist zusammengebrochen. Wir bitten Sie um ihre Geduld und Verständnis. Miteinander Sprechen, geht ja auch ohne große Hilfsmittel.“, scherzt der Mann im Radio.

„Siehst du Paul, es ist doch alles nicht so schlimm!“, sagt seine Mama mit ruhiger Stimme und streichelt dabei ihrem Sohn übers Haar. „Ein Weihnachtsessen und schöne Geschenke bekommen wir auch ohne das Internet“.

Nach der Schule wartet Paul auf Elfi in ihrem Baumhaus, dass sich im Garten des Hinterhofs befindet. Es ist fürchterlich kalt. Paul hält seine Nase in die Luft: „Hmm, es riecht nach Schnee“, murmelt er glücklich in seinen Schal. Im selben Moment steigt Elfi die Treppe hinauf:

„Huhu Paul, bin gleich da“, ruft sie ihm auf halber Strecke zu. Oben angekommen fangen die beiden gleich ohne Punkt und Komma über die ganze Internetsache zu reden.

„Eigentlich ist das alles doch gar nicht so schlimm“, findet Paul.

„Jetzt wissen meine Eltern wenigstens, wie es ist, kein funktionierendes Telefon zu besitzen."

„Genau, das finde ich auch nur fair. Immerhin haben wir beide ja auch keins", stimmt Elfi Paul zu.

„Die sollten sich jetzt auch am besten ein Walkie-Talkie zulegen", prustet Paul. Beide lachen laut auf.

„Du wolltest mir doch noch irgendwas anderes erzählen, Paul!", fragt Elfi neugierig.

„Ja, stimmt", erwidert Paul. „Ich saß gestern in der U-Bahn, und alle waren wie immer in ihre Telefone vertieft, als ich einen sympathischen älteren Herrn entdeckt habe, der mich nett angegrinst und mir zugezwinkert hat".

„Okay, und was soll daran jetzt interessant sein?", fragt Elfi ungeduldig.

„Jetzt warte. Der Mann hatte witziger Weise totale Ähnlichkeit mit dem Weihnachtsmann!"

Elfi schaut Paul verständnisvoll an und sagt leicht amüsiert:

„Du weißt doch genauso gut wie ich, dass es ihn mit hoher, sehr hoher Wahrscheinlichkeit nicht in echt gibt, oder?"

„Ja, das weiß ich auch. Nur, dann brach das Internet zusammen, und meine Mutter lenkte mich für ein paar Sekunden ab, und danach war der Mann einfach verschwunden."

„Na und? Der Typ ist bestimmt an der nächsten Haltestelle ausgestiegen, als du gerade mit deiner Mam beschäftigt warst."

„Das dachte ich anfangs auch, aber es gab keine Haltestelle, an der er hätte aussteigen können. Der nächste Halt war an der Münchner Freiheit, und hier mussten alle Fahrgäste die U-Bahn verlassen. Am Bahnsteig war aber auch weit und breit keine Spur von ihm."

„Du hast ihn sicherlich in dem Gedränge einfach übersehen. Zur Adventszeit ist doch da immer so viel los", gibt Elfi zu bedenken.

„Vielleicht hast du ja recht, Elfi. Aber das Komische ist, dass ich auf dem Weg zur Rolltreppe über diesen Anhänger gestolpert bin." Paul holt aus seiner dicken Daunenjacke den Weihnachtsmann-Anhänger heraus und zeigt ihn Elfi. „Der hat dolle Ähnlichkeit mit dem Mann aus der U-Bahn", sagt Paul.

Elfi schaut den Holzanhänger nachdenklich an und lässt ihn untersuchend durch ihre Finger gleiten.

„Vielleicht ist der Typ ja Schreiner und fertigt diese Anhänger an. Als Vorlage nimmt er sich einfach selbst. Ehrlich gesagt, sieht doch jeder zweite Opi aus wie der Weihnachtsmann", lacht Elfi.

Paul ist trotzdem skeptisch.

„Schau mal", schreit Elfi plötzlich. Da ist ein Name auf der Rückseite eingraviert".

„Wo, zeig mal her?", fragt Paul neugierig.

„Hier! Müller-Holzmeister. Und daneben ist so ein kleines Wappen oder ein Buchstabe gemalt".

„Das Zeichen kenn ich. Jawohl, das ist immer auf dem Plakat des Weihnachtsmarktes an der Münchner

Freiheit zu sehen. Ich habe es gestern auf dem Nachhauseweg entdeckt", sagt Paul.
Elfi steht entschlossen auf: „Komm, wir gehen da jetzt mal hin und schauen, ob es einen Stand von Herrn Müller-Holzmeister mit Weihnachtsmann-Anhängern gibt. Vielleicht finden wir dort auch den älteren, auf mysteriöse Weise verschwundenen älteren Herrn".

„Einverstanden. Da kannst du dir ja selbst ein Bild von der Ähnlichkeit des echten und des Mannes auf dem Anhänger machen", erwidert Paul frech.
Elfi grinst und murmelt:

„Schaun mer mal, dann seng ma scho."

3. DEZEMBER

Gleich nach der Schule machen sich die zwei Freunde auf den Weg zum Weihnachtsmarkt. Es riecht herrlich nach Bratäpfeln, gebrannten Mandeln, Grillwürstchen und Rahmflecken. Paul läuft schon das Wasser im Mund zusammen. Elfi muss ihn regelrecht an allen Essständen vorbeilotsen. Sie packt ihn am Arm und zieht ihn weiter in Richtung des Kunstmarktes.

„Los, Paul, wir haben eine Mission. Schon vergessen?", ermahnt sie ihn genervt. Die Buden mit den Handwerkssachen befinden sich im hinteren Teil. Hier stellen jedes Jahr ganz viele Künstler ihre selbstgefertigten Werke aus. Ob aus Metall, Wolle oder Holz, hier ist für jeden etwas dabei. Elfi hat hier schon oft etwas für ihre Mama zu Weihnachten gekauft.

„Paul! Halte bitte Ausschau nach einer Bude, die irgendwelche Holzsachen verkauft und nicht nach Essen!", ruft Elfi ihm zu.

Und tatsächlich entdeckt Paul einen kleinen Stand, der sich ganz hinten im Eck versteckt hat. Dieser ist wunderschön dekoriert. Überall hängen Tannenzweige, an denen aus Holz geschnitzte Engel, Weihnachtsmänner, Elche, Schneeflocken usw. baumeln. Eine große Lichterkette verziert das kleine Häuschen, und oben drauf thront das Schild: „Müller-Holzmeister".

„Elfi, schau! Da ist es", sagt Paul. Die zwei Freunde schleichen langsam Richtung Hütte, um einen Blick auf den Inhaber zu werfen. Als sie ihn sehen, flüstert Elfi:

„Und, ist das der Mann?" Fast ein bisschen enttäuscht antwortet Paul:

„Nein, leider nicht".

„Mach dir nichts draus", muntert Elfi ihn auf. „Komm wir geben ihm den Anhänger einfach zurück und besorgen uns danach eine große Tüte gebrannte Mandeln, okay?", schlägt Elfi vor.

„Okay", antwortet Paul leise.

Als der nette Mann die beiden entdeckt, fragt er mit tiefer sympathischer Stimme:

„Na ihr zwei, seid ihr auf der Suche nach einem schönen Weihnachtsgeschenk für eure Eltern?"

„Guten Tag. Nein ganz im Gegenteil, wir wollten Ihnen etwas zurückgeben. Mein Freund Paul hier..."

„Guten Tag", grüßt Paul den Herrn ebenfalls.

„...hat vor zwei Tagen diesen Anhänger unten am Bahnsteig der Münchner Freiheit gefunden. Wir haben auf der Rückseite Ihren Namen und das Zeichen für diesen Weihnachtsmarkt entdeckt und blitzschnell kombiniert. Deswegen sind wir hier. Bitte schön", sagt Elfi, während sie dem Mann den Anhänger hinüberreicht. Herr Müller-Holzmeister steht ganz verdutzt in seinem Häuschen und schaut die beiden ungläubig an. Bis er schließlich seine Stimme wiederfindet:

„Herzlichen Dank, lieb von euch. Ich bin wahrlich begeistert von eurer Ehrlichkeit und vor allem von euren guten Detektiv-Fähigkeiten. Ihr beiden Spürnasen habt aufmerksam kombiniert." Elfi und Paul grinsen stolz über beide Wangen.

„Komisch", murmelt der Mann in seinen Bart. „Dieser kleine Anhänger ist eine Maßanfertigung auf

Wunsch eines Herrn, der mich ein paar Tage vor Beginn des Weihnachtsmarktes in meiner Schreinerei angerufen hat. Abgeholt hat diesen aber eine ältere Dame. Der Anhänger muss ihr wohl kurz danach aus der Tasche und dir vor die Füße gefallen sein. Ich würde sagen, da ihr so aufrichtig wart, dürft ihr diesen ausnahmsweise behalten. Schließlich ist die Weihnachtszeit, die Zeit des Schenkens und Dankens", sagt er ruhig.

„Nett von Ihnen", bedanken sich Paul und Elfi.

„Ihr zwei Detektive habt euch jetzt wirklich eine Belohnung verdient. Seht ihr die Bude dort drüben, die mit den vielen kleinen Schneeflocken verziert ist? Die gehört meiner guten alten Freundin Annegret Hartmann. Sie macht zufälligerweise die besten Waffeln der Welt. Mit ganz viel Puderzucker. Deshalb nennt sie diese auch liebevoll Schnee-Waffeln. Sagt ihr, dass ich euch schicke, und richtet ihr liebe Grüße aus." Paul und Elfi bedanken und verabschieden sich bei Herrn Müller-Holzmeister und machen sich auf den Weg zu Frau Hartmann. Zwei Minuten später sitzen die beiden glücklich und schmatzend mit Waffeln in der Hand auf einer Bank.

„Mhh, die schmecken wirklich super lecker", spricht Paul mit vollem Mund.

„Dieser viele Puderzucker", schwärmt Elfi. Die beiden verputzen die Waffeln im Handumdrehen und halten zufrieden ihre vollen Bäuche. Auf einmal fängt es an zu schneien. Große, schöne weiße Flocken tanzen vom Himmel. „Wundervoll", denken Elfi und Paul glücklich. Elfi grübelt noch über die Worte von Herrn Holzmeister über die Maßanfertigung des Holzanhängers als Paul plötzlich sagt:

„Hörst du das Elfi?" Sie hält horchend ihre Hand ans Ohr:

„Ja, das kommt aus dem Pavillon dort drüben. Komm!" Laut diskutierend steht eine Menge Leute vor dem Wunsch-Tannenbaum.

„Wenn ich es Ihnen doch sage, die Papierherzen mit den Wünschen der Kinder sind alle verschwunden. Vor zehn Minuten hingen noch alle Zettel am Baum", erzählt eine Dame aufgeregt.

„Das kann doch gar nicht möglich sein, dass Wunschzettel schon am dritten Dezember mitgenommen wurden. Und dann alle auf einmal" staunt ein Herr.

„Da werden sich die vielen Kinder aber freuen, dass dieses Jahr all ihre Wünsche erfüllt werden", sagt die Dame aus dem Glühweinstand von nebenan zufrieden. Unbemerkt von den Erwachsenen drängeln sich Paul und Elfi durch die Menge, um sich selbst davon zu überzeugen, ob die Leute recht haben.

„Tatsächlich, hier ist alles weg!", sagt Elfi überrascht. Beide schauen die Tanne prüfend an. Plötzlich stuppst und zieht Paul an Elfi:

„Sieh doch, da drüben! Da ist der Mann aus der U-Bahn."

„Aua! Was? Wo?", schreit Elfi und hält ihren Arm.

„Da hinten! Er biegt gerade in die Straße ein. Komm wir müssen ihm nach", ruft Paul hastig, während er Elfis Hand greift und sie mit sich zieht. Die zwei Freunde drängeln sich so schnell, wie sie können, durch die Menschenmenge. Es schneit immer größere Flocken vom Himmel, und alles ist schon leicht wie mit Puderzucker bedeckt. Als die beiden das Straßeneck erreichen, ist weit und breit niemand mehr zu sehen.

„So ein Mist", keucht Paul.

„Schau mal. Dort drüben, liegt etwas Rotes im Schnee!", prustet Elfi leicht erschöpft. Paul bückt sich und hebt ein Papierherz auf.

„Das muss der Wunschzetteldieb oder wer auch immer das war, wohl verloren haben", vermutet Elfi. Paul ist überrascht: „Hier steht etwas geschrieben. Aber es ist kein Wunsch, sondern eine Art Rätsel, oder so."

„Dann lies schnell laut vor", drängelt Elfi. Er möchte gerade anfangen zu lesen, da läutet die Turmuhr – Ding, Ding, Ding... „Oh nein", rufen beide gleichzeitig. Elfi stellt erschrocken fest:

„Wir haben die Zeit ganz vergessen. Paul, wir müssen nach Hause. Es ist schon sechs Uhr. Wir kriegen sonst richtig Ärger." Hastig steckt er das Herz in seine Jackentasche, während die zwei sich schnellen Schrittes auf den Nachhauseweg machen.

„Wir lesen das Rätsel morgen gemeinsam im Baumhaus, ja?", meint Elfi noch schnell, bevor sie durch die Wohnungstür schlüpft. Aus dem Treppenhaus von oben, hallt es zurück:

„Geht klar! Morgen gleich nach der Schule. Tschüss!"

Es hatte die ganze Nacht weiter geschneit. Paul steht vor seinem Fenster und schaut sich glücklich die weiße Pracht draußen an. So viel Schnee hat er hier in München noch nie gesehen. Am Frühstückstisch liest sein Papa wie jeden Morgen die Zeitung und schnauft dabei unzufrieden.

„Guten Morgen, Papa! Schlechte Nachrichten?", fragt Paul fröhlich.

„Guten Morgen, mein Sohn! Es ist verrückt: Erst fällt das Internet aus, und jetzt schneit es so viel wie noch nie. Die Wettervorhersage für die nächsten vier Wochen lautet: Schnee, Schnee und nochmals Schnee. Wenn das so weitergeht, dann können die Autos und Busse nur noch mit Schneeketten fahren, und wir mit Langlaufskiern", erzählt er kopfschüttelnd.

„Ich finde den vielen Schnee wundervoll. Endlich haben wir mal eine weiße Adventszeit. Vor allem können wir mit dem Schlitten zur Schule fahren", meint Paul überglücklich.

Sein Vater schaut ihn lächelnd an: „Du hast recht. Für euch Kinder, ist der viele Schnee eine wahre Freude. Doch für uns Erwachsene ist es schwierig, den Alltag damit zu meistern. Immerhin sollen wir ja jeden Tag pünktlich in der Arbeit erscheinen, und das wird mit dem vielen Schnee und den öffentlichen Verkehrsmitteln eine richtige Herausforderung. Abgesehen davon müssen wir alle noch so viele Besorgungen machen. Es ist ja schließlich bald Weihnachten."

Paul überlegt leise vor sich hin. An all das hat er natürlich überhaupt nicht gedacht, aber wieso auch? Die Vorstellung, dass keine Autos und Busse mehr fahren, sondern alle nur noch mit ihren Schlitten und Skiern unterwegs sind, gefällt Paul viel zu gut. „Ein richtiges Winter-Weihnachtsparadies", denkt er verträumt.

Nach der Schule treffen sich die beiden Freunde, wie ausgemacht, in ihrem Baumhaus, um endlich das Rätsel auf dem Zettel zu studieren.

„Los lies schon vor!", drängelt Elfi.

„Einst sich Wesen ausgedacht, dass Ruhe herrscht zur heil'gen Nacht. Doch heute fehlet die Magie, drum sucht nach Rosalie. Leise rieselt Schnee, drum geht in Richtung See. Was sich dort lässt finden, lässt eure Zweifel schwinden. Dort, wo helle Lichter strahlen und Dichter mit Geschichten prahlen. Apfel, Nuss und Mandelkern haben alle Kinder gern."

Paul und Elfi sitzen auf dem Boden des Baumhauses und schauen sich überrascht an.

„Was soll das denn bitte bedeuten?", fragt Elfi verwundert.

„Auf jeden Fall ist dies kein Wunsch eines Kindes. Das ist klar!", sagt Paul erstaunt.

„Also, gestern auf dem Weihnachtsmarkt hast du doch behauptet, den Mann aus der U-Bahn an der Hausecke gesehen zu haben, wo wir dieses Herz gefunden haben, richtig?", hakt Elfi nach.

„Ja! Ich bin mir zu Hundert Prozent sicher", erwidert Paul entschlossen.

Nachdenklich schaut Elfi den Zettel an und überlegt laut: „Hier stellt sich nun die Frage, warum sollte dieser Mann uns oder wem auch immer ein Rätsel aufgeben? Wer ist dieser Typ überhaupt? Und woher wusste er, dass wir genau zu diesem Zeitpunkt auch am Weihnachtsmarkt sind?“

„Womöglich wollte er, dass wir ihm nachlaufen und diesen Zettel finden. Aber warum ausgerechnet wir und vor allem: Was sollen wir denn finden oder wonach suchen wir überhaupt?“, fragt Paul ratlos.

„Wenn ich das nur wüsste! Wir sollten nochmal den Herrn Müller-Holzmeister besuchen. Er hat doch erzählt, dass dieser Anhänger eine Maßanfertigung von einem Mann war, der ihn Tage zuvor angerufen und bestellt hatte. Der Herr Müller-Holzmeister sollte doch seinen Namen wissen“, sagt Elfi.

„Du hast recht. Möglicherweise kann er uns mit dem Rätsel ja helfen. Vielleicht stecken die alle auch unter einer Decke“ meint Paul.

Die beiden stapfen durch den mittlerweile fast knöchelhohen Schnee in Richtung Weihnachtsmarkt. Dort angekommen, riecht es überall herrlich nach gebrannten Mandeln und allerlei anderen Leckereien, und die Lichterketten funkeln unter der Schneedecke hervor.

„Guten Tag“, grüßen Elfi und Paul den Mann freundlich.

„Grüßt euch Kinder, das ist ja eine nette Überraschung, dass ihr mich heute gleich noch mal besuchen kommt! Habt ihr wieder einen verlorenen Anhänger gefunden?“, schmunzelt er.

„Nein, nein“, antwortet Paul. „Diesmal haben wir etwas Anderes gefunden und haben uns gefragt, ob...“ Elfi stößt Paul unsanft mit dem Ellbogen in die Seite und fällt ihm ins Wort:

„Sie haben doch gestern erzählt, dass dieser Weihnachtsmann-Anhänger eine Maßanfertigung ist. Erinnern Sie sich vielleicht noch an den Namen des Auftraggebers?“

Forschend schaut Herr Müller-Holzmeister die beiden an:

„Leider nein! Der Mann am Telefon meinte nur, dass eine Dame den Anhänger an meinem Stand persönlich abholen wird.“ Enttäuscht schauen Paul und Elfi sich an.

„Wissen Sie denn noch wie die Dame aussah?“, fragt Paul neugierig nach.

„Natürlich! Es war eine ältere sehr sympathische Dame mit einem schicken, langen, braunen Mantel. Sie trug einen roten Hut und dazu passende Wollhandschuhe. Und auf ihrer Nase saß eine dicke Hornbrille“, erinnert sich Herr Müller-Holzmeister.

„Wissen Sie vielleicht, wo wir die Frau finden können? Wir würden ihr nämlich gerne den Anhänger wiederbringen“, fragt Elfi freundlich. Er grübelt und reibt sich seine Nase:

„Die Dame hat irgendetwas von einer Holzhütte gemurmelt.“

„Vielen Dank für Ihre Hilfe“, verabschieden sich die beiden und setzen sich nachdenklich auf die Holzbank, auf der sie gestern bereits gesessen haben.

„Viel Glück, Kinder, mit eurer Suche“, ruft Herr Müller-Holzmeister den zweien noch nach. Paul und Elfi schauen gedankenverloren auf die Bude von Frau Hartmann. Diese bestäubt gerade fleißig ein paar Dutzend Waffeln mit Puderzucker. Als sie die beiden entdeckt lächelt sie freundlich und zwinkert ihnen beherzt zu. In diesem Moment fängt es wieder an zu schneien - große weiße Flocken.

5. DEZEMBER

Am nächsten Morgen weckt Pauls Mutter ihn sanft auf:

„Guten Morgen, mein Schatz!“, flüstert sie und küsst ihn auf die Stirn. „Ich habe gute Nachrichten für dich. Draußen liegt so viel Schnee, dass heute und für den Rest der Woche die Schule entfällt.“

Paul grummelt und streckt sich verschlafen. Dann schreckt er auf:

„Was? Es hat so viel geschneit, dass die Schule ausfällt?“ Ungläubig läuft er zum Fenster und schaut mit weit geöffnetem Mund hinaus. Alles, wirklich alles ist unter einer dicken Schneedecke versteckt, und überall glitzert es.

„Das ist ja wie am Nordpol“, schreit Paul überglücklich. „Ich muss sofort Elfi anfunken.“

„Moment“, sagt seine Mutter ruhig. „Erst wird gefrühstückt, danach kannst du gerne mit deiner Freundin sofort nach draußen in den Schnee gehen.“

Am Frühstückstisch verschlingt er hastig eine belegte Semmel und einen heißen Kakao. Gerade als Paul vom Tisch aufstehen möchte, um Elfi anzufunken, ertönt eine Stimme aus dem Radio:

„Liebe Kinder, da heute die Schule entfällt, könnt ihr eure Schlitten packen und ab die Post an den Weihnachtsmarkt am Chinesischen Turm düsen. Dort liest für euch eure Rosalie wieder wundervolle Weihnachtsgeschichten in ihrer gemütlichen Holzhütte. Ihr seid alle herzlich eingeladen.“

Paul kippt vor Schreck beinahe seine Tasse Kakao um. „Rosalie, Weihnachtsgeschichten, Chinesischer Turm!“, wiederholt er laut und rennt in sein Zimmer.

„Elfi, bitte kommen! Paul an Elfi“, funkt er ungeduldig. Elfi antwortet verschlafen:

„Ja, ich weiß, dass die Schule ausfällt!“

„Nein, ich weiß, wer diese Rosalie ist, und wo wir sie finden können! Schnell, wir müssen los“, sagt Paul aufgeregt.

„Was? Woher? Ich bin sofort fertig“, erwidert Elfi nun hellwach. Zwanzig Minuten später stehen die beiden Freunde dick eingepackt vor ihrem Baumhaus. Aufgedreht erzählt Paul Elfi von der Radiodurchsage und holt den Zettel mit dem Rätsel heraus.

„Schau, hier steht, wir sollen nach Rosalie suchen und wir würden sie in der Nähe von einem See finden. Der Weihnachtsmarkt am Chinesischen Turm ist doch relativ nah an einem See, oder?“

Elfi stimmt ihm aufgeregt zu: „Ja, natürlich, du hast Recht und dort strahlen helle Lichter von den Buden, und es riecht nach Apfel, Nuss und Mandelkern.“

„Und mit dem ‚Dichter‘ ist bestimmt die Dame Rosalie gemeint, die Kindern Weihnachtsgeschichten vorliest“, ruft Paul, ganz aus dem Häuschen. Die Freunde schauen sich glücklich und zufrieden an und machen sich entschlossen auf den Weg. Auf den Straßen liegt so hoher Schnee, dass kein Auto oder Bus weit und breit mehr fahren kann. Überall toben Kinder herum. Manche bauen sogar mitten auf der Leopoldstraße Schneemänner und Hügel, von denen sie mit ihren Schlitten heruntersausen. Die beiden stapfen weiter durch den Englischen Garten, bis sie den Weihnachtsmarkt erreichen.

„Dort hinten. Das muss die Holzhütte sein, in der Rosalie die Geschichten den Kindern vorliest“, sagt Elfi.

Dort angekommen, ist weit und breit keiner zu sehen.

„Komisch“, flüstert Paul. „Hier ist überhaupt nichts los!“ Die zwei schleichen um die Hütte herum, bis Elfi plötzlich innehält:

„Sieh doch, die Tür ist nur angelehnt.“ Paul und Elfi betreten leise und vorsichtig den Raum. Es riecht herrlich nach Plätzchen, und ein Kaminfeuer brennt. In der einen Ecke steht ein wunderschön mit roten Kugeln und Strohsternen geschmückter Tannenbaum. Daneben thront ein großer, roter Ohrensessel aus Samt, auf dem ein großes goldenes Buch aufgeschlagen liegt. Auf dem Boden laden bunte Decken und kuschelige Lammfelle zum gemütlichen Sitzen ein. Die gegenüberliegende Wand ist verdeckt von einem riesigen Bücherregal, das mit Büchern voller Weihnachtsgeschichten vollgestopft ist.

„Hallo, ist hier jemand?“, ruft Elfi vorsichtig in den Raum hinein. Aber sie bekommt keine Antwort. Paul hat sich das große Buch genommen und schaut verzückt auf die aufgeschlagenen zwei Seiten:

„Schau mal Elfi, hier ist ein Bild vom tief verschneiten Englischen Garten abgebildet. Im Hintergrund sieht man die Frauenkirche, und hier im Vordergrund ist ein roter Fuchs mit einer Mütze und einem Schal zu sehen.

„Zeig mal her“, sagt Elfi leise und versucht vorsichtig weiter zu blättern. „Die anderen Seiten sind fest verklebt. Ich kann nicht weiterblättern“, wundert sie sich.

Plötzlich knarrt die Tür hinter ihnen, und die beiden drehen sich erschrocken um. Dabei rutscht ihnen das Buch aus den Händen und fällt verkehrt herum und aufgeschlagen auf den Boden.

„Was macht ihr Kinder denn hier?“, sagt eine alte Dame mit freundlicher Stimme.

„Wir sind auf der Suche nach Rosalie. Wir wollen ihr etwas Verlorenes wiedergeben“, antworten Paul und Elfi immer noch sichtlich erschrocken.

„Da habt ihr zwei aber Glück, denn ich bin Rosalie. Was soll ich denn verloren haben?“ fragt sie neugierig. Die Dame hat weiße, kurze, lockige Haare und trägt eine dicke Hornbrille auf der Nase. Ihr Gesicht ist rund und freundlich. Sie trägt einen selbstgestrickten Pulli. Paul und Elfi erzählen ihr schnell die Geschichte, wie Paul den Anhänger gefunden hat und wie sie schließlich über den Herrn Müller-Holzmeister erfahren haben, dass dieser ihr gehören würde. Die anderen Details, wie das gefundene rote Herz mit dem Rätsel darauf, wie auch die zwei Begegnungen mit dem älteren Mann in der U-Bahn und am Weihnachtsmarkt, lassen sie vorsichtshalber in ihrer Erzählung weg. Rosalie schaut die beiden prüfend an und sagt schließlich grinsend:

„So, so, der gute Mann hat euch also erzählt, dass ich diejenige war, die diesen an seinem Stand abgeholt hat. Interessant!“ Irritiert und verunsichert schauen Paul und Elfi sich an.

„Gehört der Weihnachtsmann-Anhänger nicht Ihnen?“, fragt Elfi stirnrunzelnd. Rosalie geht wortlos an den beiden vorbei, hebt das heruntergefallene goldene Buch wieder auf und stößt dabei einen lauten Schrei aus:

„Oh nein, Herr Friedlieb ist abgehauen! Wir müssen ihn so schnell wie möglich wiederfinden!“ Verwundert und fassungslos schauen Paul und Elfi auf die aufgeschlagenen zwei Seiten:

„Sieh doch Elfi, der rote Fuchs ist verschwunden. Dort sind nur noch seine Spuren im Schnee zu sehen“, sagt Paul ungläubig.

„Das gibt es doch gar nicht! Der kann doch gar nicht verschwinden. Das ist doch gar nicht möglich!“, stammelt Elfi.

„Ihr beiden müsst euch bitte unbedingt auf die Suche nach ihm machen. Außerhalb des Buches kann ich ihn nicht sehen. Nur Kinder können Herrn Friedlieb, den frechen Fuchs, sehen“, erzählt Rosalie vorsichtig.

6. DEZEMBER

Paul wacht früh am Morgen unruhig auf. Draußen ist es noch stockdunkel. Er überlegt verschlafen, ob er das mit Rosalie, dem Buch und dem daraus verlorenen roten Fuchs nur geträumt hat oder ob dies wirklich so passiert ist. Paul reibt seine Augen und schüttelt sich und entdeckt dabei das kleine Stoffsäckchen mit Rosalies selbstgerösteten Maroni auf seinem Nachttisch. Diese hatte sie den beiden gestern noch mitgegeben, mit der Hoffnung, dass Herr Friedlieb von dem Geruch angelockt werde. Er isst nämlich heiße Maroni für sein Leben gern. Das war der Beweis. Paul hatte das alles nicht geträumt, sondern wirklich erlebt. Doch leider war der Fuchs gestern weit und breit nicht zu sehen. Paul kann nicht mehr schlafen und versucht flüsternd Elfi mit seinem Walkie-Talkie an zu funken:

„Elfiiii, ich kann nicht mehr schlafen. Bist du wach?“ Einen Moment lang ist alles mucksmäuschenstill, bis Elfi sich tatsächlich zurückmeldet:

„Paul, ich bin auch auf und schon die halbe Nacht am Grübeln.“ Die beiden Freunde reden über die gestrigen Ereignisse und sind sich überhaupt nicht mehr sicher, was sie glauben sollen.

„Vielleicht ist die Dame auch nur verrückt, und das mit dem Buch war eine optische Täuschung!“, überlegt Elfi.

„Aber der Fuchs war eine Minute davor ganz sicher noch auf der Seite zu sehen, und danach waren nur noch Spuren im Schnee übrig. Das hast du doch auch gesehen, Elfi?“, sagt Paul völlig ratlos. „Die anderen darauffolgenden Seiten waren ja auch alle verklebt. Es kann also auch nicht sein, dass sich während das Buch heruntergefallen ist, eine andere Seite aufgeschlagen hat.“

„Aus einem Buch kann aber in Wirklichkeit nichts herausfallen“, bedenkt Elfi. „Das ist wissenschaftlich überhaupt nicht möglich.“

Paul überlegt: „Ja, das stimmt! Aber seit ich den Mann in der U-Bahn gesehen habe, passieren doch auch super viele komische Sachen“.

„Egal, ob es nur eine optische Täuschung oder ein schlechter Scherz ist. Wir müssen unbedingt zu Rosalie, wie wir es ihr versprochen haben, und die Wahrheit herausfinden“, sagt Elfi überzeugt.

„Auf jeden Fall. Heute kommt um drei Uhr der Nikolaus auf den Weihnachtsmarkt an der Münchner Freiheit. Da gehen wir doch jedes Jahr mit unseren Eltern hin“, sagt Paul.

„Richtig, das hätte ich jetzt fast vergessen. Vielleicht schaffen wir es, unsere Eltern zu überreden, dass wir uns mit ihnen dort direkt treffen können, dann haben wir bei Rosalie mehr Zeit“, meint Elfi.

Wie gestern mit Rosalie ausgemacht stehen Paul und Elfi um neun Uhr in der Früh vor der Holzhütte und klopfen. Vorsichtshalber haben die beiden die Walkie-Talkies dabei, um auf alles vorbereitet zu sein. Nach mehreren Klopfversuchen macht immer noch keiner auf.

„Seltsam“, sie hatte doch gestern extra gesagt, dass wir heute um Punkt neun Uhr kommen sollen“, sagt Paul.

Elfi ist genervt und ein bisschen sauer:

„Anscheinend ist das mit dem Fuchs doch nicht so wichtig. Die Erwachsenen halten sich, wie so oft, nicht an ihre Versprechen. Das nervt!"

„Komm lass uns versuchen die Tür aufzumachen", sagt Paul ruhig und nimmt dabei Elfis Hand. Die Tür ist wie gestern nicht verschlossen. Als die beiden den Raum betreten, sieht alles noch so aus wie gestern. Nur von dem goldenen Buch und Rosalie ist weit und breit keine Spur. Auf dem Sessel liegt ein Umschlag auf dem handgeschrieben steht: *„An Paul und Elfi, bitte öffnen!"*

Liebe Elfi, lieber Paul,
entschuldigt, dass ich euch nicht persönlich empfangen kann. Ihr habt sicherlich viele Fragen, die ihr gerne beantwortet haben möchtet. Leider musste ich mich gestern Abend spontan auf eine kleine Reise begeben. Ich werde euch alles erklären, sobald ich wieder da bin. Versprochen! Das goldene Buch ist sicher verstaut. Bitte versucht so schnell wie möglich, den Fuchs zu finden. Die Maroni werden euch sicherlich dabei helfen. Herr Friedlieb wird sich überall dort aufhalten wo es welche zu naschen gibt. Vor allem aber wird er eine Menge Schabernack in dieser Welt treiben und alles gehörig auf den Kopf stellen. Deswegen soll er so schnell wie möglich gefunden werden. Sobald ich wieder zurück bin, werde ich versuchen, Euch irgendwie zu kontaktieren. Könnt ihr mir bitte hierfür Eure Adresse in dem kleinen Holzkästchen im Regal hinterlassen?
PS: Passt gut auf den Holzanhänger auf!
In Dankbarkeit, Eure Rosalie.

Paul und Elfi schauen sich fragend an.

„‚Leider musste ich mich spontan auf eine kleine Reise begeben.' Was soll das denn bitte bedeuten?", fragt Paul völlig durcheinander.

Ideenlos schüttelt Elfi ihren Kopf: „Ich habe wirklich keinen Schimmer, was das alles zu bedeuten hat. Falls es diesen Fuchs wirklich gibt, und wir ihn tatsächlich irgendwo an einem Weihnachtsmarkt finden sollten, was machen wir dann? Kann Herr Friedlieb denn mit uns sprechen? Binden wir ihn dann einfach an eine Leine und spazieren mit ihm hierher, damit er wieder in das Buch hüpfen kann?"

„‚PS: Passt gut auf den Holzanhänger auf'", wiederholt Paul murmelnd.

„Stimmt, den haben wir gestern ja komplett vergessen. Hast du den noch in der Jackentasche?" fragt Elfi.

„Ja, der ist in meiner geheimen Innentasche!", sagt Paul, während er darauf zeigt. „Komm Elfi, wir lassen Rosalie ein Walkie-Talkie und einen kleinen Brief von uns da, damit sie sich bei uns melden kann, sobald sie wieder zurück ist."

„Spitzenidee", findet Elfi.

Nachdem die zwei ein paar Zeilen geschrieben und das Funkgerät in das kleine Holzkästchen gelegt haben, machen sie sich auf den Heimweg.

Am Nachmittag gehen Paul und Elfi mit ihren Eltern zusammen wie ausgemacht, auf den Weihnachtsmarkt an der Münchner Freiheit. Die Kinder bekommen einen Schokoweihnachtsmann vom Nikolaus geschenkt. Paul hat die ganze Zeit über die Maroni von Rosalie in der Tasche, mit der Hoffnung, dass Herr Friedlieb vielleicht hier auftaucht. Doch leider fehlt von ihm jegliche Spur.

7. DEZEMBER

Paul sitzt niedergeschlagen am Frühstückstisch und stochert nachdenklich in seinem Müsli. Auf seinem Schoß liegt sein Walkie-Talkie. Rosalie hat sich leider immer noch nicht gemeldet.

„Hoffentlich hat sie den Brief und das Funkgerät auch gefunden", denkt er.

„Paul, was machst du denn für ein Gesicht? Es ist Wochenende und draußen liegt so viel Schnee wie noch nie zuvor und es schneit und schneit immer noch weiter. Das sollte dir doch gefallen, oder nicht?", fragt seine Mutter besorgt. Als Paul gerade antworten möchte, lacht sein Vater herzlich über einen Artikel, den er gerade in der Zeitung liest.

„Das müsst ihr euch anhören", sagt er grinsend: „Die Besucher des Weihnachtszaubers am Viktualienmarkt staunten nicht schlecht, als plötzlich alle geschmückten Weihnachtsbäume verschwunden und stattdessen überall große grüne Palmen mit Lametta und Lichterketten aufgestellt waren. Wie die Palmen dort hingekommen sind, kann sich niemand erklären. Es handelt sich hierbei wohl um einen Streich zum Nikolaus. Die Stadt wird sich umgehend darum kümmern und versuchen, den Fall zu klären".

„Was für ein herrlicher Schabernack", lacht Pauls Mutter.

„Kommt, das schauen wir uns gleich mal an", sagt Pauls Vater vergnügt.

„Darf Elfi mitkommen?", fragt Paul seine Eltern hastig.

„Na klar! Geh schnell runter und sag ihr Bescheid. In fünfzehn Minuten geht's los", antwortet er. Paul packt schnell sein Walkie-Talkie und das Säckchen mit den Maroni ein. Kurze Zeit später zieht Pauls Vater den Schlitten mit Elfi und Paul durch den hohen Schnee in Richtung Viktualienmarkt. Die Leopoldstraße sieht aus wie verzaubert. Nirgendwo fahren mehr Autos. Stattdessen gleiten Pferdekutschen mit Kufen an ihnen vorbei. Endlich haben die beiden Freunde Zeit, um sich in Ruhe über das komische Palmen-Ding zu unterhalten.

„Glaubst du, Rosalie oder Herr Friedlieb haben damit etwas zu tun?", grübelt Paul.

„Ich weiß es nicht. Aber wie soll das denn bitte funktionieren? Eine alte Dame und ein Fuchs haben doch wirklich nicht die Kraft, alleine Tannen wegzuschleppen und Palmen aufzustellen", sagt Elfi misstrauisch.

„Irgendwas geht hier nicht mit rechten Dingen zu", meint Paul kopfschüttelnd.

Als die vier am Viktualienmarkt ankommen, trauen sie ihren Augen nicht. Tatsächlich stehen überall hochgewachsene, mit Lametta und Lichterketten geschmückte grüne Palmen.

„Verrückt", lacht Pauls Vater.

„Das müssen aber kräftige Burschen gewesen sein, die das gemacht haben", wundert sich seine Mutter. Elfi und Paul staunen auch nicht schlecht.

„Das können doch nur große Baukräne gewesen sein", glaubt Elfi.

„Oder es war Zauberei", denkt Paul.

„Haltet den Dieb!“, schallt es plötzlich laut aus dem Maroni-Stand. „Irgendjemand hat alle meine Maroni vom Rost geklaut“, prustet der Mann empört. Paul und Elfi schauen sich suchend um und entdecken tatsächlich etwas Rotes, das in der Menschenmenge vorbeihuscht.

„Hast du das gesehen?“, fragt Paul aufgeregt.

„Ja! Es ist dort hinten verschwunden. Wir müssen hinterher!“, brüllt Elfi bestimmt.

„Mama, Papa, wir kommen gleich wieder! Wir müssen kurz dort hinten etwas kaufen. Es ist ein Weihnachtsgeschenk“, ruft Paul seinen Eltern hastig zu, während die beiden sich auf den Weg machen. Die zwei Freunde drängeln sich durch die Leute.

„Da, sieh doch da ist der rote Fuchs. Er biegt grad in den Hof dort drüben ein“, prustet Paul. Vorsichtig nähern sich Paul und Elfi dem Hofeingang und lugen ums Eck. Tatsächlich sitzt dort Herr Friedlieb vergnügt im Schnee und isst seine ergaunerten Maroni. Die zwei schauen sich verdutzt an.

„Der sieht wirklich so aus wie der Fuchs im Buch. Das ist doch nicht möglich!“, wundert sich Paul.

„Was sollen wir denn jetzt machen? Ist der denn gefährlich?“, stammelt Elfi aufgelöst.

„Paul an Rosalie, wir haben ihn gefunden. Was sollen wir jetzt machen? Bitte melden!“ funkt Paul leise mit seinem Walkie-Talkie mit der Hoffnung, dass Rosalie wieder zurück ist. Doch leider meldet sich am anderen Ende niemand.

„Na ihr zwei, verfolgt ihr mich etwa?“, fragt plötzlich eine Stimme.

Paul und Elfi drehen sich erschrocken um und starren mit offenem Mund auf den Fuchs.

„Keine Angst, ich tue euch nichts. Ihr könnt eure Münder wieder zumachen“, sagt Herr Friedlieb gut gelaunt. Elfi stottert ungläubig:

„Wie ist das möglich? Du bist wirklich echt und kannst sogar sprechen?“

„Klar, was denkst du denn? Danke übrigens, dass ihr das Buch fallengelassen habt. Dadurch konnte ich herausschlüpfen“, erzählt er glücklich.

„Wie hast du das gemacht? Vor allem: Wie konntest du die Tannen gegen Palmen austauschen?“, staunt Paul.

„Ach das war ein Kinderspiel und bleibt natürlich mein Geheimnis“, lacht Herr Friedlieb frech.

„Rosalie hat uns gebeten, dich wieder zurück zu bringen“, versucht Elfi zu erklären.

„Hat sie das? Und wie wollt ihr das anstellen?“, fragt er neugierig während er sich eine Maroni in den Mund wirft. Plötzlich ertönt eine vertraute Stimme hinter ihnen:

„Da seid ihr ja! Wir haben uns schon Sorgen gemacht. Was macht ihr denn hier?“, rufen Pauls Eltern erleichtert. Die beiden Freunde schauen sich erst gegenseitig, dann Herrn Friedlieb und dann die Eltern verwundert an.

Stammelnd sagen die beiden: „Entschuldigung“.

„Wir dachten wir hätten einen Fuchs gesehen“, meint Paul, während er Herrn Friedlieb anschaut.

„Quatsch, hier gibt es keine Füchse", sagt Pauls Vater ein bisschen genervt. „Kommt, wir gehen nach Hause. Es fängt schon wieder an zu schneien". Verdutzt und völlig ratlos stolpern Paul und Elfi den Eltern hinterher, während Herr Friedlieb den beiden vergnügt hinterherwinkt und ruft:

„Wir sehen uns!". Dann verschwindet er mit einem Hops.

8. DEZEMBER

Paul und Elfi sitzen dick eingepackt in ihrem Baumhaus und reden über das, was sie gestern alles erlebt haben.

„Ich konnte gar nicht richtig schlafen, weil mich das alles total verwirrt", sagt Paul müde.

Elfi nickt gedankenverloren: „Ein Fuchs, der aus einem goldenen Weihnachtsbuch fällt, für Erwachsene unsichtbar ist, sprechen kann und dann auch noch gerne Maroni isst. Das glaubt uns doch keiner. Ich kann es selbst nicht einmal glauben."

„Eine optische Täuschung war das zumindest nicht", schnauft Paul ratlos. „Wo steckt nur diese Rosalie? Sie ist die Einzige, die uns weiterhelfen kann und uns sagt, was wir tun sollen."

Genau in diesem Moment, als hätte sie es geahnt, rauscht das Walkie-Talkie. Paul lässt es vor Schreck fast fallen.

„Hallooo! Paul, Elfi hört ihr mich? Ich bin es Rosalie", schallt es aus dem Lautsprecher.

„Rosalieeee!", funken die beiden Freunde aufgeregt zurück. „Wir haben gerade von dir gesprochen. Bist du wieder zurück?"

„Es rauscht so fürchterlich, dass ich euch kaum verstehen kann. Ich sitze im Spezial-Zug nach...", hört man Rosalie sagen.

„Wohin fährst du? Du musst den Knopf gedrückt halten!", rufen die Kinder gleichzeitig.

„...Als ich in der Hütte ankam, ist mir etwas im goldenen Buch aufgefallen, das mich sehr beunruhigt hat. Daraufhin musste ich sofort wieder los."

„Rosalie, wir haben den Fuchs gesehen. Was sollen wir jetzt tun?", fragt Elfi nervös.

„Was? Das Rauschen wird lauter. „Ich verstehe euch leider nicht mehr. Ich melde mich, sobald ich kann! Seid bitte vorsichtig!", funkt sie noch, bevor die Leitung verstummt.

„So ein Mist, jetzt wissen wir genauso wenig wie vorher. Eigentlich noch weniger.", schimpft Elfi.

„Spezial-Zug? Was ist ihr Beunruhigendes aufgefallen, und warum sollen wir vorsichtig sein?", grübelt Paul vor sich hin.

Plötzlich ruft Pauls Mutter den beiden vom Fenster aus zu: „Kommt Kinder, wir müssen los! Der Krampuslauf beginnt bald. Hopp, hopp!"

„So was Blödes. Den hatte ich ja ganz vergessen. Ich hasse diesen Krampuslauf.", jammert Elfi.

„Ja, Mama, wir kommen!", schreit Paul. „Das Walkie-Talkie und die Maronis stecke ich vorsichtshalber mal ein. Sicher ist sicher", sagt Paul während sich die beiden widerwillig auf den Weg machen.

Jedes Jahr am zweiten Advent, ziehen Hunderte schaurig aussehende Krampusse durch die Innenstadt. Paul und Elfis Eltern lieben dieses Spektakel und schleifen ihre Kinder zu diesem Event jedes Mal mit, obwohl die beiden die Krampusse total gruselig finden und sich in deren Nähe überhaupt nicht wohlfühlen. Wahrscheinlich soll das als Abschreckung dienen, damit sie über ihre Streiche, die sie über das Jahr verteilt angestellt haben, nachdenken. Die meiste Zeit verstecken sich die beiden, um nicht in die furchteinflößenden Gesichter schauen zu müssen oder - schlimmer noch: von ihnen mitgeschleppt zu werden. Dies passiert nämlich manchmal, um den Kindern Angst einzujagen. Am Marienplatz angekommen, sichern sich die sechs einen Platz an der Rathausecke. Hier kommen die schaurigen Gestalten nämlich zweimal vorbei, und es gibt praktischerweise auch gleich ganz in der Nähe einen Würstchen- und Glühweinstand. Von Weitem können Paul und Elfi schon die schaurigen Ketten rasseln hören.

„Keine Angst, das sind nur gruselige Kostüme, unter denen sich Menschen wie du und ich befinden“, sagt Pauls Mutter mit ruhiger Stimme, während sie den beiden sanft in die Wange kneift. Die ersten Krampusse laufen bereits mit einem ohrenbetäubenden Geschrei an ihnen vorbei. Paul und Elfi halten sich die Ohren zu, während die Fratzen mit ihren Hörnern, den großen Zähnen und dem dickem struppigen Fell umhertanzen. Mitten in diesem Gewühle fällt ein Krampus besonders auf: Er ist viel größer als alle anderen. Ihn schmückt ein rabenschwarzes zotteliges Fell, und er trägt eine schaurige rote Maske mit weitaufgerissenem Mund. Sechs große, geschwungene Hörner ragen ihm aus dem Kopf. In der einen Hand zieht er eine rostige lange Kette hinter sich her. Paul und Elfi überkommt ein Schaudern. Der Krampus kommt direkt auf die beiden zu, packt sie am Schlafittchen und zieht sie ein Stückchen mit sich mit. Paul und Elfi kreischen vor Schreck.

„Vergesst nicht, der tut euch nichts!“, ruft Pauls Papa den beiden noch hinterher.

„Paul und Elfi, gut dass ich euch hier finde“, sagt er mit tiefer, furchteinflößender Stimme.

„A-a-a-ber, wer sind Sie und warum kennen Sie unsere Namen?“, stammelt Paul mutig.

„HA HA HA!“, brüllt der Krampus aus voller Kehle. „Das seht ihr doch: Ich bin der Krampus und bestrafe unartige Kinder. HA HA HA!“ Paul und Elfi schlucken. „Ihr habt etwas, was ich gerne haben möchte!“, sagt er, legt seinen Kopf dabei schief und schaut die beiden auffordernd an.

„Was meinen Sie damit? Was sollen wir denn für Sie haben?“, stottert Elfi leise.

„Fragt Rosalie. Sie wird es wissen!“, lacht er schaurig. „Ihr habt Zeit, bis die vierte Kerze auf eurem Adventkranz brennt und die Turmuhr sechsmal schlägt. Dann treffen wir uns im Märchenwald“, ruft er ihnen zu, während er sich wieder unter die anderen Krampusse mischt und in der Menge verschwindet. Paul und Elfi stehen vollkommen geschockt da und zittern.

„Wa-wa-was war denn das bitte für ein gruseliger Kerl?“, zittert Elfi.

„Ich habe keinen blassen Schimmer“, sagt Paul geschockt und greift ihre Hand, um schnell wieder zu ihren Eltern zurück zu gehen.

Später am Abend sitzt Paul - immer noch fassungslos - im Wohnzimmer und denkt nach. Den zweiten Advent hatte er sich wahrlich anders vorgestellt.

Paul hat wieder schlecht geschlafen. Kein Wunder, nach dieser gruseligen Begegnung mit dem Krampus und all den anderen Ereignissen der letzten Tage. Er sitzt verschlafen und verträumt am Frühstückstisch. Wie jeden Morgen läuft das Radio. Punkt sieben Uhr kommen die Nachrichten:

„*Die Meteorologen sehen nichts anderes als Schnee*", lacht der Moderator. „*Dieses Jahr werden wir auf jeden Fall weiße Weihnachten bekommen*", spricht er weiter. „*Die Stadt München ist leider auf diese Schneemassen nicht vorbereitet. Deshalb wurde Hilfe angefordert. Heute kommen aus Garmisch-Partenkirchen Schneeraupen, um für uns die Straßen zu ebnen, damit wir besser mit den Schlitten und den Pferdekutschen fahren können. Autos und Busse sind weiterhin nicht zugelassen. Dafür hat sich die Stadt München aber etwas Besonderes einfallen lassen. Es werden zusätzlich Langlaufloipen angelegt und weitere Pferdekutschen eingesetzt, damit alle weiterhin beweglich bleiben. Außerdem könnt ihr euch kostenlos Langlaufskier am Odeonsplatz ausleihen. Wenn das mal nicht eine wundervolle Weihnachtszeit ist*", beendet er glücklich die Durchsage.

„So etwas habe ich noch nie in meinem Leben erlebt", sagt Pauls Papa kopfschüttelnd.

„Die Weihnachtszeit ist eine Zeit der Magie, in der alles möglich ist", antwortet Pauls Mutter verschmitzt und streichelt Paul dabei übers Haar.

„Ich muss zur Schule," sagt er hastig und steht auf.

Auf dem Weg sehen Paul und Elfi die Schneeraupen piepsend an sich vorbeifahren. Einige Leute sind bereits auf Langlaufskiern unterwegs. Alle sind vergnügt und bester Laune. Nur unsere beiden Freunde stapfen nachdenklich nebeneinander durch den Schnee.

„Ich verstehe das alles nicht mehr", sagt Elfi nach einer Weile und bleibt stehen. „Zuerst siehst du diesen Mann in der U-Bahn, der sich auf einmal in Luft auflöst. Kurz darauf stolperst du über einen Anhänger, der uns zu Herrn Müller-Holzmeister an die Münchner Freiheit führt. Der erzählt uns, dass angeblich irgendeine Dame mit einem rotem Schal diesen verloren haben muss. Sie sollte den Anhänger für einen Mann abholen, der diesen kurz vor dem 1. Dezember telefonisch bei Herrn Müller-Holzmeister extra hat anfertigen lassen. Gleichzeitig verschwinden alle roten Herzen vom Wunschtannenbaum, während wir noch vor Ort sind. Dann siehst du denn Herrn aus der U-Bahn wieder, dem wir nachlaufen. Das Einzige, was wir finden, ist ein rotes Herz im Schnee mit einem Rätsel darauf, dass uns wiederum zu Rosalie und dem goldenen Buch geführt hat. Dieses fällt uns herunter, und dabei kann der Fuchs und anscheinend noch irgendwas anderes in unsere Welt gelangen. Rosalie gibt uns den Auftrag, Herrn Friedlieb wieder einzufangen. Am nächsten Tag hinterlässt sie uns eine Nachricht, dass sie verreisen müsse, und sagt uns aber nicht, wohin und wann sie wieder kommt. Aus Weihnachtsbäumen werden Palmen, und der Fuchs kann wirklich sprechen und verschwindet ebenfalls. Rosalie kommt wieder von ihrer Reise, entdeckt im goldenen Buch etwas Schlimmes und fährt daraufhin mit einem ‚Spezial-Zug' wohin auch immer wieder fort. Und zu guter Letzt treffen wir gestern noch diesen gruseligen Krampus, der uns beim Namen kennt und von uns irgendetwas am vierten Advent haben möchte, was wir angeblich besitzen. Rosalie weiß anscheinend Bescheid."

„Und das Internet funktioniert auch aus heiterem Himmel nicht mehr", ergänzt Paul.

„Das ist doch alles total verrückt. In was sind wir da nur hineingeraten?", sagt Elfi nachdenklich.

„Ich habe absolut keinen Schimmer. Aber wir sollten der Sache auf jeden Fall auf den Grund gehen", antwortet Paul entschlossen.

„Gut, was schlägst du vor, was wir machen sollen? Ohne Rosalie wird es schwer werden, Antworten auf all das zu bekommen", überlegt Elfi.

„Hmm, ich finde wir sollten noch einmal in Rosalies Hütte gehen und nach dem goldenen Buch schauen. Es waren doch die meisten Seiten zugeklebt. Es könnte doch sein, dass sich dort etwas verändert hat", bedenkt Paul.

„Stimmt, dann lass uns nach der Schule gleich mal dort vorbeischauen. Wer weiß was uns dort erwartet", sagt Elfi skeptisch.

Als die beiden aus der Schule kommen, steht Pauls Vater bereits vor der Tür und wartet auf die beiden.

„Papa, was machst du denn hier?", fragt Paul verdutzt.

„Im Radio haben sie gesagt, dass es einen großen Schneesturm geben soll. Alle werden daher aufgefordert, so schnell wie möglich nach Hause zu gehen. Und da ich euch zwei ja kenne, und ihr meist nach der Schule nicht direkt nach Hause kommt, hole ich euch lieber ab."

10. DEZEMBER

Die drei haben es gestern gerade noch so nach Hause geschafft, bevor der Schneesturm durch die Münchner Straßen getobt und alles unter einer dicken Schneedecke begraben hatte. Gut, dass die Schneeraupen noch vor Ort sind, denn die hatten die ganze Nacht viel zu tun, um die vielen Schneemassen in den Griff zu bekommen. Im Moment hat sich das Wetter beruhigt. Aber im Radio warnen sie bereits vor dem nächsten Schneesturm, der am frühen Nachmittag die Stadt erreichen soll. Aus diesem Grund entfällt zum Glück auch wieder die Schule. Paul und Elfi machen sich deshalb schon sehr früh auf den Weg zum Chinesischen Turm, um noch schnell vor dem nächsten Sturm, in Rosalies Hütte nach Hinweisen zu suchen. Dort angekommen ist die Hütte durch den vielen hohen Schnee fast nicht mehr zu erkennen. Die Beiden buddeln sich einen Weg durch den Tiefschnee als sie plötzlich große relativ frische Fußabdrücke entdecken.

„Wir sind wohl heute nicht die Ersten, die hier herkommen", flüstert Elfi.

„Wir sollten uns ganz leise verhalten und erst einmal hineinschauen, ob jemand da ist", sagt Paul leise, während er behutsam den Türknauf dreht. Die Tür ist nicht verriegelt. Die zwei treten vorsichtig ein und erstarren: Überall liegen kreuz und quer die Bücher aus dem Regal auf dem Fußboden verteilt.

„Was ist denn hier passiert?", fragt Elfi fassungslos.

„Es sieht aus, als hätte hier jemand etwas Bestimmtes gesucht. Das kann doch nicht Rosalie gewesen sein, oder etwa doch?", überlegt Paul, während er ein paar Bücher aufhebt.

„Sieh doch, Paul, da unter dem Sessel, schimmert etwas Goldenes!", sagt Elfi.

Und tatsächlich liegt dort das goldene Buch. Paul hebt es neugierig auf und inspiziert den Buchdeckel. Es besitzt keinen Titel, sondern nur eine durchgehende goldene Fläche. Nur unten am rechten Rand ist ein kleines Zeichen in Weiß eingestanzt: Die zwei Türme der Frauenkirche.

„Der Buchdeckel hat einen kleinen Riss, der offensichtlich geklebt wurde. Hoffentlich waren wir das nicht, als wir es fallengelassen haben", sagt Paul nachdenklich.

„Ja, ja! Darum kümmern wir uns später. Los, schlag es schon auf! Ich möchte allzu gern wissen, was sich in diesem Buch alles verbirgt", sagt Elfi ungeduldig.

Die beiden Freunde blättern erwartungsvoll durch das Buch. Auf der ersten Seite, die sie aufschlagen, steht in einer schönen, schnörkeligen Schrift: *„1. Dezember"* geschrieben. Die zwei darauffolgenden zeigen das verschneite München und ein kleines Weihnachtsgedicht. Beim Weiterblättern entdecken Paul und Elfi weitere, wunderschön gezeichnete Illustrationen vom Chinesischen Turm, dem Weihnachtsmarkt, der Münchner Freiheit und die verschneiten Straßen mit herumtollenden Kindern. Sie entdecken nichts Merkwürdiges, bis sie den 5. Dezember aufschlagen.

„Sieh doch Elfi, hier sind immer noch nur die Spuren von Herrn Friedlieb im Schnee zu erkennen. Er ist also noch nicht in das Buch zurückgekehrt", flüstert Paul, während er die nächsten beiden Seiten aufschlägt: *„6. Dezember – Nikolaus."*

Hier steht der Nikolaus auf einem Weihnachtsmarkt umringt von fröhlichen Kindern, die alle einen Schokoweihnachtsmann in der Hand halten.

„Moment mal“, sagt Elfi plötzlich. „Neben ihm im Schnee liegt eine Rute.“

„Du hast recht“, antwortet Paul während er das Buch näher an sein Gesicht hält, um die Details besser zu erkennen. „Hier sind große Fußabdrücke im Schnee zu sehen.“

„Jaaa, und ein Schatten“, ruft Elfi aufgeregt. „Hier muss jemand davor gestanden haben.“

Paul geht ein Licht auf: „Natürlich, wer kommt immer mit dem Nikolaus?“

„Der Krampus“, rufen die beiden gleichzeitig und zucken zusammen.

„Dann war der Krampus, den wir am Marienplatz gesehen haben, dieser hier aus dem Buch. Wie furchtbar!“, stammelt Elfi.

Plötzlich kracht es an den Fenstern. Die beiden Freunde zucken zusammen und halten sich an den Händen.

„Das war bestimmt nur der Wind. Es soll doch wieder einen Schneesturm geben.“, sagt Paul zögernd.

„Wir sollten uns lieber schnell auf den Heimweg machen“, drängt Elfi.

In der Angst, dass der Krampus hier vielleicht noch in der Nähe sein könnte, vergessen die zwei Freunde, die restlichen Seiten des Buches zu untersuchen, und stellen es in das Bücherregal. Vorsichtig schauen sich Paul und Elfi draußen um. Es schneit und stürmt tatsächlich schon wieder ein bisschen.

„Komm Elfi, lass uns schnell nach Hause düsen, bevor der Wind noch schlimmer wird und wir gar nichts mehr sehen können“, sagt Paul mutig.

11. DEZEMBER

Der gestrige Schneesturm war nicht besonders schlimm ausgefallen und sauste nur an München vorbei. Heute sieht es draußen auf den Straßen, Dächern und Bäumen zauberhaft aus: Überall funkelt der Schnee, und alles ist schön ruhig. Es wirkt förmlich, als wäre die Zeit stehen geblieben. Durch die Schneestürme der letzten beiden Tage, waren alle Weihnachtsmärkte, Schulen und sogar einige Büros geschlossen. Heute allerdings ist wieder alles offen und die Straßen voll von Langläufern, Pferdekutschen und Kindern mit ihren Schlitten. Paul hat so tief und fest geschlafen, dass er heute Morgen verschlafen hat und ohne Frühstück in die Schule gehen musste. Seine Mutter hat ihm aber ein bisschen Geld für die Pause mitgegeben, damit er sich eine belegte Semmel kaufen kann. Als er um halb zehn Uhr pünktlich in der Schlange des Pausenverkaufs steht, hört er wie Tobias und ein anderer Junge der Parallelklasse über etwas Merkwürdiges sprechen.

„Ja, wenn ich dir das doch sage! Im Radio haben sie berichtet, dass er geklaut wurde! Spurlos verschwunden!", erzählt Tobias aufgeregt dem Jungen.

Paul nähert sich den beiden unauffällig, um mehr von dem Gespräch mitzubekommen.

„Wer klaut denn bitte diesen singenden Elch aus dem Märchenwald? Und warum?", fragt der Junge ungläubig.

„Was weiß denn ich? Vielleicht einfach nur aus Spaß. Zeit genug hatten die Diebe ja, weil doch die Weihnachtsmärkte die letzten Tage zu hatten und niemand dort war", sagt Tobias.

Paul hört sich das Gespräch in Ruhe an und überlegt, ob dieser Diebstahl oder das Verschwinden des Elchs womöglich auch irgendetwas mit dem goldenen Buch zu tun haben könnte. Ohne sich etwas zu kaufen, läuft er zurück ins Klassenzimmer und berichtet Elfi davon. Um 12 Uhr ist die Schule vorbei und die beiden Freunde machen sich direkt auf den Weg zur Residenz, um sich selbst davon zu überzeugen, ob Tobias mit dem geklauten Elch recht hat. An der Residenz angekommen, müssen sich Paul und Elfi durch eine riesige Menschenmenge durchdrängeln.

„Der Weihnachtsmarkt im Kaiserhof ist wohl sehr beliebt bei den Leuten", stöhnt Elfi während sie sich mit ihrem Schulranzen durch die Masse kämpft.

Und tatsächlich: In der Bude, wo sonst der freundliche Elch Weihnachtslieder singt und Geschichten erzählt, ist ein großes, leeres Loch. Ein paar Polizeibeamte und irgendwelche anderen Fachleute stehen kopfschüttelnd vor der Hütte und unterhalten sich über das merkwürdige Verschwinden des Elchs.

„Wie um Himmels Willen haben die Diebe das angestellt? Nirgendwo sind Spuren einer Säge oder ähnlichen Werkzeugs zu sehen", sagt ein Polizist nachdenklich.

„Um dieses Riesenviech hier raus zu bekommen, müssen das starke Burschen gewesen sein", sagt ein Mann mit Rauschebart zu den Beamten.

„Keine Aufregung, wir werden den Fall so schnell wie möglich lösen und herausbekommen, wer diesen technisch gesteuerten und obendrein singenden Elch geklaut hat", versichert ein Polizist.

„Vielleicht handelt es sich hierbei um dieselben Täter, die auch die Palmen auf dem Viktualienmarkt aufgestellt haben.", wirft eine Dame schnippisch ein.

Paul und Elfi schauen sich nachdenklich an.

„Ich kann mir vorstellen, dass Herr Friedlieb hiermit etwas zu tun haben könnte", sagt Elfi stirnrunzelnd.

„Das kann gut sein. Hoffentlich hat der gruselige Krampus nichts damit zu tun!", ergänzt Paul.

„Wir werden den Weihnachtsmarkt auf jeden Fall ab heute jeden Tag rund um die Uhr überwachen lassen, damit sich so etwas nicht wiederholt", sagt ein Polizeibeamter streng. „Dem Täter oder der Bande werden wir schon noch das Handwerk legen."

Die beiden Freunde machen sich gemeinsam aus dem Staub und gehen nach Hause. Dort angekommen, stehen Paul und Elfis Eltern bereits vor der Haustür und unterhalten sich fröhlich.

„Da seid ihr kleinen Trödelliesen ja endlich. Hopp, hopp! Oder habt ihr es etwa vergessen? Heute ist doch der 11.12", sagt Pauls Vater gut gelaunt.

Paul und Elfi hauen sich gleichzeitig an die Stirn und rufen:

„Aber natürlich, das traditionelle Weihnachtsbaumschlagen im Wald. Juhuuu!"

Kopfschüttelnd sitzt Pauls Papa am Tisch und liest murmelnd die Zeitung.

„Das mit dem Elch ist ja wirklich eine verrückte Geschichte", sagt er während er weiterblättert. „Die Polizei vermutet, dass dahinter eine kriminelle Bande stecken muss, die keine Spuren hinterlässt. Es sollen angeblich die gleichen Leute gewesen sein, die auch die Weihnachtsbäume am Viktualienmarkt entwendet haben."

„Ich finde es wirklich schade, dass der Elch nicht mehr da ist. Er hat immer so nette Weihnachtslieder gesungen und eine tolle Stimmung verbreitet", sagt Pauls Mama ein wenig traurig.

„Dieses Jahr passieren wirklich seltsame Dinge. Bin mal gespannt, was morgen wieder in der Zeitung stehen wird", lacht der Vater.

„Mama, Papa, ich muss los! Ich treffe mich mit meiner Klasse und unserer Klassenlehrerin Frau Steinbeck in zwanzig Minuten an der Münchner Freiheit. Wir gehen doch heute zusammen in den Tierpark", ruft Paul aus dem Gang während er sich hastig seine Schuhe und Jacke anzieht.

„Oh ja, du hast Recht, das ist ja heute! Hier ist dein Pausenbrot", sagt Pauls Mutter.

„Viel Spaß, mein Sohn. Halte Ausschau nach dem geklauten Elch!", ruft Pauls Vater amüsiert.

Draußen wartet Elfi schon ungeduldig auf Paul. Die zwei Freunde laufen zusammen zur U-Bahn, um die anderen nicht zu verpassen. Völlig außer Atem kommen die beiden unten am Bahnsteig an.

„Da seid ihr ja!", ruft Frau Steinbeck erleichtert, während die U-Bahn einrollt.

Im Waggon sitzen Paul und Elfi natürlich auf ihren Lieblingsplätzen, ganz hinten in der Mitte, um alles perfekt beobachten zu können. Die Bahn ist wie immer recht voll, aber es ist anders als sonst: Seitdem das Internet nicht mehr funktioniert, schaut auch keiner mehr auf sein Telefon. Überall sitzen fremde Menschen, die sich unterhalten, laut lachen und genauso interessiert andere Leute beobachten wie Paul und Elfi. „Das ist doch viel schöner", denkt Paul vergnügt.

„Glaubst du, der Elch kann auch sprechen wie Herr Friedlieb?", fragt Elfi plötzlich flüsternd.

Paul, der gerade noch in seinen Gedanken versunken ist, antwortet leise:

„Ehrlich gesagt, habe ich keine Ahnung! Denkst du wirklich, dass der Elch auf einmal lebendig ist? Vielleicht hat der Fuchs ihn auch einfach nur aus Jux und Dollerei geklaut.", sagt er.

Elfi zuckt mit ihren Schultern.

„Ganz ehrlich, wenn der Elch jetzt auch noch frei herumläuft und mit uns sprechen kann, dann weiß ich überhaupt nicht mehr an was ich glauben soll", sagt sie ratlos.

„Los, Kinder, wir müssen hier aussteigen", ruft Frau Steinbeck eilig und zählt dabei alle durch.

Im Zoo angekommen, dürfen die Kinder in kleinen Gruppen alleine herumlaufen.

„In zwei Stunden treffen wir uns am Elefantenhaus. Ihr habt ja alle eine Wegbeschreibung.", sagt die Klassenlehrerin. „Viel Spaß!"

Paul und Elfi machen sich natürlich alleine auf den Weg, um endlich ungestört, ohne die anderen neugierigen Nasen, reden zu können.

„Hast du dein Walkie-Talkie dabei, falls sich Rosalie melden sollte?“, fragt Elfi.

„Klaro! Das habe ich doch immer dabei!“, antwortet Paul.

Die beiden Freunde laufen durch den hohen Schnee in Richtung Elch-Gehege.

„Vielleicht ist der geklaute Elch ja hier. Ein Versuch ist es ja immerhin wert, wenn wir schon hier sind“, sagt Paul schmunzelnd.

Elfi lacht und versucht auf der Karte den richtigen Weg zu finden. Am Gehege angekommen, inspizieren die zwei die Tiere und versuchen sie mit ein paar Erdnüssen aus ihrer Tasche anzulocken.

„Schau mal Paul, da hinten kommen sie. Es sind fünf Stück. Und ein kleines Baby ist auch dabei“, sagt Elfi vergnügt.

Als die kleine Elchfamilie ganz nah ist, versucht Paul sein Glück und spricht laut zu ihnen.

„Hallo, könnt ihr mich hören? Ist hier vielleicht der geklaute Elch von der Residenz unter euch?“

Elfi schnaubt laut los.

„Das ist zu witzig. Die schauen dich nur mit großen Augen an und fragen sich bestimmt, wer dieser komische Vogel ist.“

Paul muss jetzt auch lachen. Beide kugeln sich im Schnee. Daraufhin formt Elfi gut gelaunt einen Schneeball mit ihrem Handschuh, wirft diesen auf Paul und läuft anschließend weg.

„Hey, na warte!“, ruft er ihr hinterher.

Paul will gerade loslaufen, als er plötzlich auf einer Eisplatte ausrutscht, stolpert und mit seiner Nase im Schnee landet. Als er versucht, sich wieder aufzuraffen, streckt ihm ein fremder Mann seine Hand hin und hilft ihm hoch. Paul schaut dem Herrn in dessen Gesicht und kann es kaum fassen.

„Sie sind ja der nette Herr aus der U-Bahn“, stottert Paul entgeistert. „Da-da-nke!“

„Hier, der muss dir wohl gerade aus der Tasche gerutscht sein!“ sagt der Mann freundlich während er ihm den Weihnachtsmann-Anhänger reicht. „Passt gut darauf auf!“

„Ist bei dir alles klar?“, ruft Elfi aufgeregt, die gerade um die Ecke angerannt kommt.

„Ja, der nette Herr hier hat mir geholfen!“, sagt Paul.

„Welcher Herr? Ich sehe niemanden! Bist du etwa auf deinen Kopf gefallen?“, fragt Elfi beunruhigt.

Paul schaut sich verwundert um.

„Hier war gerade noch der Mann aus der U-Bahn. Der hat mir den Anhänger wiedergegeben, der mir wohl während meines Sturzes aus der Jackentasche gefallen ist", sagt Paul verwirrt.
Elfi schaut ihn nachdenklich an und entdeckt ein kleines rotes Samtsäckchen im Schnee.

„Sieh mal da!", ruft sie während sie es aufhebt. Im Beutel befindet sich ein kleiner Zettel und eine Pfeife aus Holz.

„Was steht denn da auf dem Zettel?", fragt Paul aufgeregt.

„BERTL LIEBT MUSIK! BENUTZT DIE PFEIFE, DANN WERDET IHR IHN FINDEN!"

13. DEZEMBER

Nach den gestrigen Ereignissen können sich Paul und Elfi nur schwer in der Schule konzentrieren. Zum Glück haben die zwei schon um 11:30 Uhr aus und laufen gleich danach zusammen in ihr Baumhaus, um über alles zu reden.

„Das kann doch langsam kein Zufall mehr sein, dass dieser Mann immer irgendwelche Rätselzettel für uns im Schnee verliert und dann spurlos verschwindet!", sagt Paul nachdenklich.

„Zeig mir mal bitte noch mal dieses Säckchen mit der Pfeife und dem Zettel", fragt Elfi und schaut die Sachen prüfend an. „Bertl? Wer soll denn dieser Bertl überhaupt sein?"

„Keine Ahnung, aber puste mal", sagt Paul auffordernd.

Elfi nimmt die Pfeife in den Mund und es kommt überhaupt kein Ton heraus.

„Na toll, jetzt ist dieses doofe Ding auch noch kaputt oder was?", sagt Elfi genervt.

Plötzlich klopft es an der Baumhaustür.

„Wer ist das denn? Hast du jemanden erzählt, dass wir hier sind?", fragt Paul flüsternd.

„Nein! Niemand weiß, dass wir hier sind!" antwortet Elfi, während sie zögerlich aus dem kleinen Fenster lugt, um zu sehen wer da draußen vor der Tür steht.

„Lasst mich schon rein! Ich bin es doch nur, Herr Friedlieb der Fuchs."

Die zwei Freunde schauen sich mit großen Augen an. Paul macht vorsichtig die Türe auf.

„Hallo! So schnell sieht man sich wieder", sagt Herr Friedlieb während er an den Kindern vorbeischleicht und sich gemütlich in die Ecke setzt.

Paul und Elfi sind fassungslos und starren den Fuchs mit offenem Mund an.

„Ernsthaft, seid ihr immer noch überrascht, dass es mich wirklich gibt und ich mit euch sprechen kann?", fragt Herr Friedlieb amüsiert.

„Ehrlich gesagt, ist das alles schon ein wenig komisch", stottert Paul.

„Mhh, hier riecht es köstlich nach Rosalies selbstgemachten Maroni", sagt der Fuchs, während er schnüffelnd seine Nase in die Luft hält. Paul greift in seine Jackentasche, holt das kleine Säckchen mit den Maroni heraus und gibt diese vorsichtig Herrn Friedlieb. Dieser verschlingt alle auf einmal und rülpst danach laut und zufrieden.

„Leider habe ich nicht so viel Zeit, um mit euch hier gemütlich einen Kaffeekranz zu machen. Ich habe euch am Marienplatz gesehen und eure nette Begegnung mit dem Krampus beobachtet. Blöderweise ist der wohl auch aus dem Buch gehüpft und läuft hier jetzt herum. Dieser Typ ist ziemlich gruselig und findet Weihnachten und Kinder nicht besonders toll", erzählt Herr Friedlieb während er gemütlich auf dem Rücken in der Ecke auf einem Kissen liegt.

„Wir sollen ihm am vierten Advent im Märchenwald irgendwas geben, was wir angeblich besitzen und er haben möchte", sagt Elfi zögerlich.

„Interessant", grübelt der Fuchs. „Ich habe übrigens den Bertl freigelassen.

Der läuft jetzt planlos durch die Stadt."

„Wer soll denn bitte dieser Bertl sein?", fragt Paul neugierig.

„Der Elch von der Residenz, natürlich!", ruft Herr Friedlieb vergnügt.

„Aber warum hast du denn den Elch freigelassen? Rosalie hat uns gewarnt und gesagt, dass du allerlei Unfug in dieser Welt treiben wirst, und deshalb sollen wir dich ja auch so schnell wie möglich zurückbringen! Was hast du sonst noch alles angestellt? Aber vor allem: Wie hast du das mit den Palmen und dem Elch gemacht?", löchert Elfi den Fuchs mit Fragen.

„Na, na! Das kleine Fräulein ist aber ganz schön neugierig", sagt Herr Friedlieb lächelnd. „Ihr werdet das alles schon noch herausfinden oder vielleicht auch nicht!" „Ich muss wieder los. Hat mich gefreut, und vielen Dank für die leckeren Maroni", sagt er und verschwindet durch das Fenster.

„Waaarte!", ruft Elfi ihm noch nach. Doch der Fuchs ist nicht mehr zu sehen.

„Was für ein merkwürdiger Besuch.", sagt Paul nachdenklich. „Immerhin wissen wir aber jetzt, dass der Krampus wirklich aus dem Buch geflohen ist und dass es sich beim Bertl um den verschwundenen Elch der Residenz handelt."

„Stimmt! Es wird trotzdem immer verrückter!", sagt Elfi kopfschüttelnd. „Es scheint so, als ob Herr Friedlieb uns beobachtet!"

„Ich versuche jetzt noch einmal Rosalie anzufunken. Vielleicht haben wir ja Glück und wir können sie erreichen", sagt Paul hoffnungsvoll.

14. DEZEMBER

Paul und Elfi hatten gestern noch den ganzen Nachmittag im Baumhaus verbracht und erfolglos versucht, Rosalie mit ihrem Walkie-Talkie zu erreichen. Deshalb haben die beiden Freunde beschlossen, heute in die Innenstadt zu gehen, um dort auf eigene Faust nach dem Elch zu suchen.

„Glaubst du, dieser Bertl ist auch für alle Erwachsenen unsichtbar wie Herr Friedlieb?", fragt Elfi, während sie durch den hohen Schnee in Richtung Odeonsplatz stapfen.

„Hmm, gute Frage! Ich vermute aber, dass man ihn nicht sehen kann. Ansonsten wäre doch hier schon Panik ausgebrochen, wenn ein lebendiger Elch durch die Stadt laufen würde!", denkt Paul laut. Elfi lacht. „Da hast du natürlich recht. Das wäre wirklich witzig. Jetzt fehlen nur noch Rentiere und dann fühlt es sich wirklich so an, als wären wir am Nordpol.

„Ich finde, die Stadt sollte jedes Jahr zur Weihnachtszeit so aussehen", träumt Paul mit einem großen und breiten Grinsen auf seinen Lippen.

Am Odeonsplatz angekommen, steht vor den vielen Weihnachtsbäumen, die dort in der Adventszeit verkauft werden, eine Menge schimpfender Leute.

„Diese Tannen können Sie doch nicht ernsthaft verkaufen wollen?", knurrt ein älterer Herr den Verkäufer an. Dieser versucht, sich gegenüber der wütenden Meute zu erklären: „Ich weiß auch nicht wie das passieren konnte. Gestern sahen die Bäume noch ganz normal aus."

„Es sieht aus, als hätte jemand die Tannenbäume angeknabbert", donnert eine Dame mit spitzer Nase und streng hochgebundenen Haaren.

Paul und Elfi schauen sich ahnungsvoll an. Sie haben da so eine Vermutung.

„Elche fressen doch auch Tannen, oder?", überlegt Paul während er die Bäume inspiziert.

„Ihhh, manche sind sogar noch ganz feucht! Elch-Sabber wie eklig!", jammert Elfi, während sie ihre Hand im Schnee sauber macht.

„Er muss ganz in der Nähe sein!", flüstert Paul und packt die Holzpfeife aus, die sie gestern im Tierpark im Schnee gefunden haben. Die beiden Freunde entfernen sich ein wenig von den Leuten und stellen sich versteckt an die Treppe unter die Löwenstatuen der Feldherrnhalle.

„Los, puste mal in die Pfeife. Bin super gespannt, ob da wirklich etwas passiert!", sagt Elfi auffordernd.

Paul holt tief Luft und bläst kräftig in die hölzerne Pfeife. Doch wie bereits gestern hört man keinen einzigen Ton. Nachdenklich untersucht Paul das kleine Musikinstrument.

„So ein Mist, vielleicht ist das Ding ja verstopft oder so."

Die beiden stecken ihre Köpfe zusammen und überlegen, als sie plötzlich ein Weihnachtslied ganz in ihrer Nähe hören. Andere Passanten um sie herum spitzen ebenfalls ihre Ohren und schauen sich suchend nach dem Geräusch um.

„Singt da nicht irgendjemand ‚Oh Tannenbaum'?", flüstert Elfi.

„Ja, du hast recht! Diese Stimme kenne ich irgendwoher“, sagt Paul nachdenklich.

Die zwei schleichen sich langsam an der Wand entlang und spähen vorsichtig um die Ecke. Und tatsächlich steht da mitten auf der Straße der Elch und singt „Oh Tannenbaum“.

Paul schüttelt ungläubig mit dem Kopf.

„Das glaub ich jetzt nicht! Träum ich oder ist das ernsthaft der Elch aus dem Märchenwald der Residenz, der da singt?“

„Ich werde verrückt. Der ist wirklich echt“, sagt Elfi mit offenen Mund.

Bertl der Elch singt aus voller Kehle, mitten auf der Residenzstraße. Die Leute schauen ungläubig umher, und wundern sich woher diese Musik kommt.

„Elfi, die Leute können ihn tatsächlich nicht sehen. Sie hören nur seine Stimme“, flüstert Paul.

„Komm wir gehen zu ihm!“, sagt Elfi und packt seinen Arm und schleift ihn mit. Als die zwei genau vor dem Elch stehen, ist dieser noch vertieft in sein Weihnachtslied und singt mit geschlossenen Augen. Paul tippt ihn vorsichtig mit einem Finger an.

„Entschuldigen Sie, sind sie der Bertl?“Der Elch erschrickt sich so doll, dass er einen tiefen Schrei von sich gibt.

„AHHHHHHH, Sappradi, wer seid‘s na ihr zwoa? I glaab, i spinn, ja kinnt‘s ihr mi etwa sehgn?“, ruft er verdutzt. Auch Paul und Elfi haben sich wahnsinnig erschrocken und starren ihn an. Die Leute schauen die beiden verwundert an und schütteln den Kopf.

„Wir sind Paul und Elfi“, stottern die zwei.

„Do legst di nieda! Griaß eich, Kinder! I bin da Bertl. Gfreit mi.“, sagt er freundlich. „Wards ihr des mit der Pfeifen, ha?“

Verdutzt schauen sich Paul und Elfi an. „Ja, das waren wir! Wie konnten Sie – äh, du das hören? Da kommt doch gar kein Ton raus.“

„Ah, iwo! I hobs sofort ghört“, schmunzelt Bertl.

„Die Leute schauen schon alle komisch zu uns rüber! Wir müssen irgendwo hingehen, wo wir ungestört sprechen können!“, flüstert Elfi skeptisch.

„Du hast recht, wir unterhalten uns ja quasi mit der Luft. Die halten uns sicher für verrückt“, lacht Paul leise. „Aber wohin sollen wir nur?“

„Wir könnten ihn fürs Erste in unseren Garten im Hinterhof bringen“, schlägt Elfi vor.

„Bertl, würdest du mit uns mitkommen? Wir wollen dich an einen sicheren Ort bringen, wo wir in Ruhe mit dir reden können.“, fragt Paul.

Der Elch schaut die beiden mit seinen großen Augen glücklich an.

„I gfrei mi so, dass ihr zwoa mi sehgn kinnts! Mir wa scho so fad. So ganz alloa.“

Zusammen gehen die drei nach Hause. Alle hinterlassen Fußspuren, auch der Bertl.

15. DEZEMBER

Obwohl heute Sonntag ist und Paul eigentlich ausschlafen könnte, ist er schon ganz früh wach. Immerhin steht der verschwundene, sprechende, für alle anderen unsichtbare Elch in seinem Hinterhof. Wie könnte Paul da in Ruhe schlafen. Leise schleicht er aus seinem Zimmer.

„Guten Morgen, mein Schatz. Du bist aber heute früh wach!", ruft seine Mutter aus dem Esszimmer.

„So was Doofes, die sind ja auch schon auf", denkt sich Paul, der eigentlich vorhatte, sich kurz hinauszuschleichen, um nach Bertl zu sehen.

„Guten Morgen Mama! Ja, ich konnte nicht mehr schlafen", sagt er während er sich widerwillig an den gedeckten Frühstückstisch setzt.

„Ich bekomm dich ja fast nicht mehr zu Gesicht. Seit so viel Schnee draußen liegt, bist du nur noch mit Elfi unterwegs. Schönen dritten Advent wünsch ich dir", sagt Pauls Mutter lächelnd und küsst ihn dabei liebevoll auf die Stirn.

Paul überlegt kurz, was er antworten soll. Er kann ja schlecht erzählen, dass Elfi und er einen sprechenden Fuchs aus Versehen aus einem goldenen Buch freigelassen haben und dieser jetzt wiederum den Elch der Residenz zum Leben erweckt hat und dass der Krampus bei der Parade wirklich echt war und irgendwas von ihm haben möchte.

„Ja, Elfi und ich sind mit den Weihnachtsvorbereitungen sehr beschäftigt", erzählt Paul mit leicht schlechtem Gewissen.

„Das verstehe ich natürlich! Wir müssen dieses Jahr auch alles ein wenig anders machen, da das Internet nicht funktioniert. Ich hoffe nur, dass diese zwei Weihnachtsmann-Holzanhänger keine Geschenke für mich und Papa sind und ich dir nicht die Überraschung verdorben habe?", fragt sie. Paul schaut fassungslos auf die Anhänger, die seine Mama in der Hand hält und überlegt.

„Hä, wieso sind es zwei Stück? Ich verstehe das nicht?"

„Paul, es tut mir leid!", sagt seine Mutter mit sichtlich schlechtem Gewissen. „Ich habe über Nacht deine Jacke gewaschen und diese beiden wundervollen Anhänger in deiner Tasche gefunden. Schließlich wollte ich diese ja nicht mitwaschen."

Paul ist immer noch sichtlich verwirrt und antwortet schließlich mit einer kleinen Notlüge: „Kein Problem Mama. Die haben Elfi und ich in der Schule geschenkt bekommen." Wortlos nimmt er diese in die Hand und starrt sie ungläubig an.

„Was hältst du davon, wenn Papa, du, Elfi und ich heute an den Stachus gehen und zusammen Schlittschuhfahren?", schlägt seine Mutter vor.

Paul, der mit seinen Gedanken komplett abwesend ist, antwortet nur: „Ja, das hört sich gut an. Ich gehe gleich zu Elfi runter und frage sie, ob sie mitkommen möchte!" Er steckt die zwei Weihnachtsmänner in seine Tasche, läuft das Treppenhaus hinunter und klingelt ungeduldig an der Tür. Elfi, die natürlich auch schon lange wach ist, macht auf.

„Gut, dass du hier bist, wir sollten schnell nach Bertl schauen!“, flüstert sie ihm zu.
„Ja, aber davor muss ich dir noch ganz schnell etwas zeigen!“, antwortet er hastig, während er an ihr vorbeihuscht und in ihr Zimmer verschwindet.
„Was möchtest du mir denn so Wichtiges zeigen?“, sagt Elfi gespannt. Paul holt die zwei Anhänger aus seiner Tasche und hält sie ihr unter die Nase.
„Was sagst du dazu? Sie haben sich verdoppelt?“, meint er kopfschüttelnd.
„Das gibt es ja nicht! Woher kommt denn jetzt plötzlich der zweite Anhänger?“, fragt Elfi verwundert. Nachdenklich sitzen die beiden nebeneinander auf dem Bett und starren die Weihnachtsmänner an.
„Zeig mal her! Wir sollten sie mal genauer inspizieren“, sagt Elfi entschlossen.
Auf den ersten Blick sehen beide fast identisch aus. Aber auf den zweiten Blick erkennt man einen wesentlichen Unterschied.
„Sieh doch Paul, auf dem einen Anhänger ist der Name Müller-Holzmeister eingraviert und daneben das kleine Wappen des Weihnachtsmarktes an der Münchner Freiheit“, sagt Elfi.
„Ja, das ist ja nichts Neues!“, antwortet Paul.
„Ja, doch. Warte! Auf dem anderen Anhänger ist dies aber nicht zu sehen, sondern ein kleines eingestanztes, weißes Zeichen, das die Türme der Frauenkirche, also das Wahrzeichen Münchens zeigt. Schau doch!“, sagt Elfi und zeigt mit dem Finger darauf.
Paul blickt nachdenklich auf das Zeichen und ruft plötzlich: „Dieses habe ich schon mal irgendwo gesehen. Aber ja, das war auf dem Buchdeckel des goldenen Buches in Rosalies Hütte eingestanzt. Ich bin mir ganz sicher.“
„Das ist aber mehr als seltsam“, überlegt Elfi. „Und wie kommt dieser Weihnachtsmann überhaupt auf einmal in deine Tasche?“
Die zwei können sich im Moment keinen Reim darauf machen, wie dieser andere Anhänger auf einmal aufgetaucht ist und vor allem, woher. Deshalb beschließen sie, erst einmal zu Bertl in den Hinterhof zu schauen, ob mit ihm auch alles okay ist. Elfi packt heimlich drei Semmeln unter ihren Pullover und schleicht mit Paul in den Garten. Unten angekommen, liegt Bertl unter einer großen Kiefer in einer geschützten Ecke im Schnee und schläft seelenruhig. Die zwei Freunde legen ihm vorsichtig die drei Semmeln vor die Nase, damit er etwas zu essen hat, wenn er aufwacht. Dann schleichen sie sich wieder ins Haus.
Später gehen sie zusammen mit Pauls Eltern zum Schlittschuhfahren an den Stachus und vergessen dort kurzzeitig die ganzen verrückten Ereignisse der letzten Tage.

16. DEZEMBER

„Liebe Münchner, in den vergangenen zwei Wochen hatten wir alle mit großen Herausforderungen zu kämpfen. Erst der Internetausfall und dann auch noch die vielen Schneemassen. Diese Weihnachtszeit ist wirklich ganz besonders. Aus diesem Grund hat der Bürgermeister der Stadt München entschieden, nicht nur alle Schulen und Kindergärten zu schließen, sondern auch Büros, die ohne das Internet nicht arbeiten können. Die Geschäfte haben selbstverständlich geöffnet. Ihre Weihnachtseinkäufe sind somit gesichert“, ertönt es aus dem Radio.

„So etwas Verrücktes gab es wirklich noch nie!“, sagt Pauls Papa fassungslos während er gemütlich seinen Kaffee trinkt.

Paul kommt gähnend aus seinem Zimmer und setzt sich müde dazu. „Guten Morgen! Was haben die gerade im Radio von zu viel Schnee geplappert?“, fragt er.

Der Vater lacht und kneift Paul in den Arm:

„Aufwachen, mein Junge. Die Schule entfällt ab heute bis nächstes Jahr. Das bedeutet, du hast über drei Wochen Ferien. Und das Beste daran ist, dass ich ebenfalls diese ganze Woche schon frei habe, da der Bürgermeister das so vorschreibt.“

Paul schaut seinen Vater verdutzt an.

„Das sind ja großartige Neuigkeiten“, ruft er plötzlich, als er es realisiert hat. „Juhuu! Keine Schule bis nächstes Jahr. Das ist super-cool! Ich muss sofort zu Elfi. Ich bin spätestens heute Abend um sechs Uhr wieder zu Hause“, ruft Paul in den Raum, während er sich seine Jacke, Mütze, Schal, Handschuhe und Schuhe in Windeseile anzieht und seinen Schlitten packt.

„Wo treibt ihr euch nur die ganze Zeit rum? Sei bitte pünktlich zu Hause“, sagt Pauls Mutter noch schnell, bevor er die Tür zuzieht.

Elfi und Paul gehen glücklich in den Hinterhof, um nach Bertl zu schauen. Dieser steht bereits unruhig und traurig unter der Kiefer „Griaßt's eich Kinder. Da seit's ja endlich wieder. I dacht scho, ihr hätt's mi vergessn.“

„Oh nein, Bertl, tut uns leid, dass wir erst jetzt kommen. Wir waren gestern mit unsren Eltern beim Schlittschuhlaufen, und als wir heimgekommen sind, durften wir nicht mehr raus!“, sagt Paul traurig.

„Is scho guad ihr zwoar. Ihr müsst's ja a zur Schui, dass'd was lernt's, ge!

„Nein, der Bürgermeister hat beschlossen, dass die Schule diese Woche entfällt. Wir haben also ganz viel Zeit für dich“, erzählt Elfi glücklich.

„Do legst di nieda. Da gfrei i mi narrisch. Auf was wart ma na no. I hob so an Hunger. Pack ma's?“, fragt Bertl, während sein Magen ganz grässlich knurrt.

„Du hast recht, drei Semmeln sind ja auch nur eine Vorspeise für dich. Hmm, sollen wir in den Englischen Garten gehen, damit du dort ein paar Tannen anknabbern kannst?“, schlägt Paul vor.

„Das ist wohl die beste Idee, aber wir müssen weit in den Norden gehen, damit es den anderen

Leuten nicht gleich auffällt, dass dort Bäume angeknabbert wurden", antwortet Elfi.

„Mia is des wurscht, wo und wos. Hauptsach, i kriag endlich wos zum Essen", sagt Bertl, während er sich in Bewegung setzt. Die drei machen sich auf den Weg zum Englischen Garten. Dort angekommen, gehen sie immer weiter nördlich, bis niemand mehr zu sehen ist. Der Elch stürzt sich gleich auf die nächste Tanne und fängt genüsslich an daran zu knabbern. Glücklich *„Oh Tannenbaum"* summend, kaut Bertl die grüne Pracht. Es schneit schon wieder dicke Flocken vom Himmel. Paul und Elfi drehen sich gelegentlich um, nur um sicherzugehen, dass der Krampus nicht plötzlich auftaucht. In der Ferne erkennen die beiden aber tatsächlich etwas, das auf sie zukommt. Durch den vielen Schnee können sie das Wesen nicht gleich erkennen, aber als es näher kommt, sehen die beiden Herrn Friedlieb auf sie zu laufen.

„Guten Tag, die Herrschaften", sagt er, während er seine Mütze vom Kopf nimmt und eine kleine Verbeugung macht.

„Herr Friedlieb, das ist aber eine Überraschung!", sagt Elfi gleichermaßen höflich.

„Hallo!", sagt Paul kurz, da er gerade Bertl davon überzeugen möchte, jetzt eine andere Tanne anzubeißen, da diese sonst zu kahl wird.

„Ich habe mir schon gedacht, dass er viel Hunger haben wird. Deshalb bin ich hier!", verkündet der Fuchs.

„Hä? Hast du ihm etwa Maroni mitgebracht?", lacht Elfi.

„Nein, nein! Etwas viel Besseres für unseren großen Elch. Gewissermaßen ein Festschmaus.", sagt Herr Friedlieb und springt dabei durch den Schnee Richtung Eisbach „Kommt mit!"
Misstrauisch und neugierig gehen Elfi und Paul dem Fuchs hinterher. Nur Bertl der hat davon gar nichts mitbekommen. Er schmatzt glücklich: „Hmm, des is fein!"

„Bertl, komm, der Herr Friedlieb möchte dir einen Festschmaus zeigen", ruft Paul ihm zu.

„Ha? Wos mogst du Paule? I soll mitkimma? Aber wohin na?", sagt er kauend. „Ja mei, der Herr Friedlieb is ja a da! Ja Servus, was machst na du da?"

„Guten Tag Bertl! Ich habe dir etwas zu essen besorgt. Junge, grüne und saftige Tannen liegen dort drüben und warten auf dich!", antwortet der Fuchs.

„Warum sagst na des net glei!", ruft Bertl, während er schnellen Galopps Richtung Eisbach aufbricht. Ein paar Meter weiter liegen tatsächlich am Ufer ganz viele frische abgeholzte Tannenbäume. Bertl ist über diesen Anblick so glücklich, dass er Luftsprünge macht und ein Lied nach dem anderen summt.

„Woher kommen denn all diese Weihnachtsbäume? Und woher wusstest du, dass diese hier liegen würden?", fragt Elfi stirnrunzelnd. Paul schaut ebenfalls den Fuchs nachdenklich an.

„Wie immer neugierig!", lacht Herr Friedlieb. „Nur leider, bleibt auch das mein kleines Geheimnis!"

Bertl hatte sich zum Schluss so doll den Bauch vollgeschlagen, dass er noch an Ort und Stelle in ein tiefes Nickerchen gefallen war, und Paul und Elfi ihn beim Fuchs lassen mussten. Herr Friedlieb hat den Kindern aber versprochen, sich um ihn gut zu kümmern und auf ihn aufzupassen, bis sie sich wiedersehen. Durch die Pfeife konnten die zwei ja Bertl ganz schnell rufen.

Die beiden haben ihre Eltern überredet, dass Elfi bei Paul übernachten darf. Endlich haben sie wieder Zeit, in Ruhe über alles zu quatschen. Denn seit Rosalie Elfis Walkie-Talkie hat, gibt es keine abendlichen heimlichen Funk-Unterhaltungen mehr.

Paul und Elfi liegen nebeneinander auf dem Bauch in Pauls Zimmer und fassen noch mal alle Ereignisse der letzten Wochen zusammen. Elfi hat ein Blatt Papier vor sich liegen, auf dem sie sich Notizen über alle vergangenen seltsamen Erlebnisse macht:

1. **Paul sieht Mann in der U-Bahn, der Ähnlichkeit mit dem Weihnachtsmann hat. Doch dieser verschwindet plötzlich spurlos.**
2. **Das Internet fällt aus, und Paul findet einen Weihnachtsmann-Anhänger aus Holz.**
3. **Der Holzanhänger hat eine Gravur auf der Rückseite, die zum Kunstschreiner Müller-Holzmeister führt.**
4. **Zweite Begegnung mit dem Mann aus der U-Bahn. Kurz darauf finden wir ein rotes Herz mit einem Rätsel im Schnee.**
5. **Radiodurchsage, die uns zu Rosalie in ihre Hütte am Chinesischen Turm führt.**
6. **Der Fuchs, der aus dem goldenen Buch gefallen ist, den verschwundenen Elch Bertl zum Leben erweckt und die Weihnachtsbäume am Viktualienmarkt angeblich gegen Palmen ausgetauscht hat.**
7. **Die gruselige Begegnung mit dem Krampus, der ebenfalls aus dem Buch geschlüpft ist und irgendetwas am vierten Advent von uns haben möchte, das wir angeblich besitzen.**
8. **Rosalie, die aufgrund einer beunruhigenden Entdeckung mit einem Spezialzug und mit Elfis Walkie-Talkie eine wichtige Reise antritt.**
9. **Dritte Begegnung mit dem Herrn aus der U-Bahn, diesmal im Tierpark wo er wieder einmal auf mysteriöser Weise verschwindet. Nächster Fund: Stoffsäckchen und Holzpfeife.**
10. **Die Holzpfeife, führt uns zu Bertl.**
11. **Das plötzliche Auftauchen eines zweiten, fast identischen Weihnachtmann-Anhängers in Pauls Jackentasche. Einziger Unterschied: Der eine trägt die Gravur des Müller-Holzmeisters, der andere wiederum ein kleines eingestanztes weißes Zeichen, das die Frauenkirche zeigt und seltsamerweise auch auf dem Buchdeckel des goldenen Buches zu sehen ist.**

Elfi legt nachdenklich den Stift beiseite und schaut Paul an.

„Wow, das sind ganz schön viele Sachen, die wir so erlebt haben."

„Das klingt alles ganz schön verrückt. Trotzdem ist es sehr aufregend! Findest du nicht?", sagt Paul aufgedreht. „Wer weiß was noch alles so passiert?"

„Hmm, wer weiß, aber jetzt sollten wir erst einmal herausfinden, was es mit dem zweiten Anhänger auf sich hat und vor allem was der Krampus von uns möchte!", sagt Elfi entschlossen. „Eins ist auf jeden Fall schon mal klar: Alle Punkte auf unserer Liste hängen irgendwie zusammen und stinken bis zum Himmel."

„Nur wie?", grübelt Paul. Die beiden Freunde lesen sich gemeinsam noch einmal alle Punkte auf ihrem Zettel durch und kombinieren.

„Auffällig ist: Immer wenn der komische Opi aus der U-Bahn auftaucht, finden wir zufälligerweise eine Botschaft. Und jedes Mal handelt es sich um eine Art Rätsel, das wir lösen müssen, um dann auf eine neue verrückte Sache zu stoßen", sagt Elfi grübelnd.

„Ja, und jedes Mal löst er sich kurz darauf in Luft auf", ergänzt Paul nachdenklich.

„Dieser Herr scheint wohl irgendwelche magischen Fähigkeiten zu besitzen. Das kann nicht mit rechten Dingen zugehen", sagt Elfi skeptisch.

„Du hast absolut recht. Und was ist, wenn er wirklich der echte Weihnachtsmann ist?" fragt Paul vorsichtig, um Elfis Reaktion zu testen, da er ja weiß, dass sie nicht wirklich mehr an ihn glaubt. Aber zu seiner Überraschung ist Elfi nach all den verrückten Ereignissen der letzten Wochen mittlerweile auch immer mehr davon überzeugt, dass dieser Mann kein gewöhnlicher älterer Herr sein kann.

„Und was ist, wenn der seltsame Opi nur so getan hat, als ob du den Anhänger verloren hättest, und dir den anderen gegeben hat?", fragt sie misstrauisch.

Paul ist von dieser Theorie auch überzeugt.

„Es muss so gewesen sein, denn woher sollte dieser sonst herkommen?"

„Falls er dir wirklich diesen anderen Anhänger untergejubelt hat, dann stellt sich doch jetzt die Frage, warum er dir diesen gegeben hat? Was hat das alles zu bedeuten?", fragt Elfi völlig ratlos.

„Immerhin ist auf diesem dasselbe eingravierte Zeichen, wie auf dem magischen goldenen Buch in Rosalies Hütte", sagt Paul. „Das kann doch kein Zufall sein!"

„Ich hoffe wirklich sehr, dass Rosalie bald wieder auftaucht.
Am besten noch vor dem vierten Advent", meint Elfi.

18. DEZEMBER

Die zwei Freunde haben gestern noch bis tief in die Nacht geplaudert und schlafen deshalb heute ein wenig länger als sonst.

„Aufstehen ihr zwei Schlafmützen. Es ist ein herrlicher Tag. „Raus aus den Federn und ab in den Schnee!“, sagt Pauls Mutter gut gelaunt. Paul und Elfi blinzeln verschlafen und strecken sich.

„Guten Morgen, Mama.“, sagt Paul verschlafen.

„Guten Morgen.“, sagt auch Elfi, noch sichtlich müde.

Paul reibt sich seine Augen, während er ins Bad geht.

„Elfi, lass uns schnell frühstücken und dann rufen wir vom Baumhaus aus den Bertl und Herrn Friedlieb mit Hilfe der Holzpfeife. Wer weiß, wo die beiden gerade stecken!“

Nach dem Frühstück sitzen die zwei vergnügt in ihrem Baumhaus, und Paul pustet mit voller Kraft in die Pfeife. Wie immer hören sie keinen einzigen Ton. Nach zehn Minuten ist immer noch weit und breit keiner der beiden zu sehen.

„Hmm, merkwürdig“, denkt Paul. „Das letzte Mal hat es doch auch sofort funktioniert.“

„Vielleicht sind sie ja so weit weg, dass sie einfach länger für den Weg brauchen“, meint Elfi.

„Und was ist, wenn ihnen etwas passiert ist?“, fragt Paul besorgt.

„Quatsch, die sieht doch sowieso niemand. Jetzt pfeife noch einmal, und dann warten wir zehn Minuten. Wenn dann immer noch keiner hier ist, laufen wir in den Englischen Garten und suchen die beiden. Einverstanden?“, sagt Elfi ruhig.

„Einverstanden“, antwortet Paul.

Doch auch nach mehrmaligen Pfeifversuchen und endlosem Warten taucht niemand auf. Die zwei Freunde marschieren mit ihrem Schlitten Richtung Englischer Garten los, um Bertl und Herrn Friedlieb zu suchen. Auf dem Weg kaufen sie noch schnell auf dem Weihnachtsmarkt heiße Maroni. Nur um auf Nummer Sicher zu gehen.

Paul und Elfi gehen an den Platz, an dem sie Bertl und den Fuchs das letzte Mal gesehen haben. Dort angekommen, ist eine Menge der dort liegenden Tannen angeknabbert. Paul lacht laut auf:

„Offensichtlich hat der Bertl wirklich immer super viel Hunger!“

„Schau mal, hier sind relativ frische Spuren im Schnee. Die sind bestimmt von den beiden“, bemerkt Elfi. Die zwei Freunde verfolgen die Abdrücke und entdecken tatsächlich Bertl und Herrn Friedlieb, die seelenruhig aneinander lehnend unter einer Kiefer schlummern. Paul und Elfi kichern und schleichen sich vorsichtig an, um sie zu erschrecken.

„Buuuhuuuuuuuu!“, rufen sie aus voller Kehle. Herr Friedlieb und Bertl springen vor Schreck auf und stoßen dabei mit den Köpfen zusammen.

„Na, Herrschaftszeiten. Ihr zwoar seid‘s ma scho so Lausbuarbn. I hob so schee tramt. Na wart‘s, jetzt kinnts ihr wos erlebn“, ruft Bertl während er Paul und Elfi hinterherjagt.

Herrn Friedlieb sitzt der Schreck noch in den Knochen. Ruhig massiert er sich seinen Kopf und schaut den anderen zu. Paul und Elfi laufen laut lachend durch den Schnee.

„Bertl, es war nicht so gemeint“, prusten Elfi und Paul schon völlig erschöpft. Der Elch, der sichtlich Spaß an der Verfolgungsjagd hat, ist den beiden schon ganz dicht auf den Fersen. Als er die zwei eingeholt hat, bremst er abrupt vor ihnen mit allen Vieren ab und staubt Paul und Elfi mit einer Riesenladung Schnee ein. Die Kinder sind von oben bis unten eingeseift. Bertl prustet so laut vor Lachen, dass sein Geweih wackelt.

„Des habts jetzt davo. Wie Schneemänner sehts aus.“

Paul und Elfi schütteln sich, klopfen sich den Schnee von ihren Jacken und kichern fröhlich. Herr Friedlieb, der alles in Ruhe aus der Ferne beobachtet hat, kommt zu den dreien gelaufen.

„Ich möchte ja ungern eure Schneeparty stören, aber dort hinten steht der Krampus und beobachtet uns“, sagt Herr Friedlieb ganz ruhig. Bertl, Elfi und Paul hören sofort auf zu lachen und drehen sich beunruhigt um.

„Wahnsinn, der Arme sigt echt greislich aus“, sagt Bertl, während er sich schüttelt.

„Was sollen wir denn jetzt machen? Der Krampus möchte doch irgendwas von uns haben. Wir wissen nur leider immer noch nicht, was genau das sein soll! Ich dachte, wir hätten bis zum vierten Advent Zeit. Warum ist er hier?“ fragt Elfi aufgelöst.

„Na, na! Beruhig dich erst einmal“, sagt Herr Friedlieb gelassen. „So lange der Bertl und ich hier sind, kann der Krampus überhaupt nichts tun. Und überhaupt ist er tragischerweise auch allergisch auf Elchhaare“, lacht er und grinst dabei über beide Backen.

„Wos is der? Allergisch auf mi?“, fragt Bertl erstaunt. „Sappradi, was ois gibt, in derer Wäid!“

Paul und Elfi schauen sich nachdenklich an. Sie wollen gerade den Mund aufmachen, um dem Fuchs Löcher in den Bauch zu fragen, als der gleich mit der Pfote abwinkt und sagt:

„Keine Zeit für Fragen. Wir sollten hier trotzdem schnellstens weg. Ich kenne einen Schleichweg. Hier kann uns der Bertl mit eurem Schlitten bis nach Hause ziehen, ohne dass uns die Leute bemerken. Der Krampus wird uns sicher nicht folgen. Falls doch, sind wir ja in eurem Garten. Hopp, hopp!“, ruft Herr Friedlieb, während er Bertl das Seil vom Schlitten zuwirft.

Paul, Elfi und der Fuchs setzen sich auf den Holzschlitten, und eine wilde Heimfahrt beginnt.

Kurz bevor die beiden im Haus verschwinden, dreht Elfi sich nochmal zu Herrn Friedlieb um und fragt ihn:

„Warum eigentlich können nur wir euch zwei sehen und alle anderen nicht? Der Krampus hingegen ist für die Leute sichtbar? Wieso?“

„Liebe Elfi, das ist ganz einfach! An den Krampus glauben die Menschen, aber an uns glauben sie nicht!“, sagt der Fuchs während er ihr zuwinkert und im Baumhaus verschwindet.

„Heute steht etwas Merkwürdiges und Beunruhigendes in der Zeitung“, sagt Pauls Vater ernst und liest laut vor:

„Bei der Polizei gingen in den letzten 10 Tagen vermehrt Meldungen über eine Sichtung eines herumstreunenden Krampus ein. Dieser soll schon mehrfach Kinder sowie Erwachsene erschreckt haben. Wir bitten Sie, bei Sichtung umgehend die Münchner Polizei zu alarmieren und nicht auf eigene Faust zu handeln. Ein Suchtrupp ist heute unterwegs, um den Störenfried zu finden und dem Spuk ein Ende zu bereiten. Aus diesem Grund, empfehlen wir, Kinder nur in Begleitung eines Erwachsenen nach draußen zu lassen. Sobald der Schabernack vorbei ist, werden wir Sie umgehend informieren. Wir bitten um Ihr Verständnis.“

Paul schaut mit weit aufgerissenen Augen seine Eltern an und denkt über die gruselige Erscheinung des Krampus nach. Bei dem Gedanken fröstelt es ihm gleich.

„Die übertreiben sicherlich mal wieder. Mach dir keine Sorgen“, sagt Pauls Mutter mit ruhiger Stimme. „Das ist sicherlich bloß ein Halbstarker, der sich einen Scherz erlaubt. Zugegeben kein wirklich witziger, aber auch kein schlimmer.“

„Dieser Krampus sieht wirklich grässlich aus“, murmelt Paul und rümpft seine Nase.

„Also, ich für meinen Teil finde das überhaupt nicht witzig. Du und Elfi, ihr geht mir heute auf gar keinen Fall alleine vor die Tür“, sagt Pauls Vater besorgt. Pauls Mutter streichelt ihrem Sohn sanft übers Haar. „Was hältst du davon, wenn du Elfi zu uns hoch holst und wir heute Plätzchen backen und es uns mal so richtig gut gehen lassen?“

„Oh ja! Gute Idee, ich sage Elfi schnell Bescheid und hole sie“, ruft Paul, läuft schnurstracks zur Haustür und poltert die Treppe hinunter. Elfi reißt die Türe auf.

„Ja, ich weiß, der Krampus geht um“, sagt sie aufgeregt.

„Glaubst du, er hat uns gestern verfolgt und weiß jetzt, wo wir wohnen?“, fragt Paul entsetzt.

„Ich hoffe nicht. Aber du hast doch Herrn Friedlieb gehört, er ist angeblich gegen Bertls Haare allergisch. Solange die beiden in unserer Nähe sind, wird er sicher nicht kommen“, antwortet Elfi unsicher.

„Wir müssen schnell zum Baumhaus, um den anderen von der Sache zu erzählen“, sagt Paul aufgeregt.

„Mama, ich bin bei den Krügers und backe Plätzchen“, ruft Elfi noch kurz in die Wohnung, bevor sie die Haustür hinter sich zuschlägt.

Im Hinterhof angekommen, summt Bertl wie immer Weihnachtslieder vor sich hin, und Herr Friedlieb sitzt auf der Baumhaustreppe und wirft sich vergnügt Maroni in den Mund. Paul und Elfi erzählen im Schnelldurchlauf von dem Zeitungsartikel über den Krampus und von der Ausgangssperre.

„Des is schad, dassd's ihr heit net mit uns umherlaffa kennt's“, sagt Bertl traurig schluckend.

„Och, Bertl. Morgen dürfen wir sicherlich wieder nach draußen.

Solange du in unserer Nähe bist, kann uns ja eh nichts passieren", sagt Paul, während er ihn am Hals streichelt.

„Biddschee geht's wieder eine. Ihr habt's ja nur Schlappen o. Mei, des is ja vui z'koit. Net, dassd's no krank werd's, so kurz vorm Heiligabend!", sagt Bertl besorgt.

„Der Elch hat recht", sagt Herr Friedlieb. Wir werden heute ein bisschen Ausschau nach dem Krampus halten und darauf achten, dass er keine Leute mehr erschreckt. Benutzt die Pfeife, falls ihr uns brauchen solltet. Wir müssen jetzt los. Der Bertl verhungert sonst noch, und meine Maroni-Ration neigt sich auch dem Ende zu! Also, bis dann", sagt er und hüpft mit einem Satz über die Mauer.

„Pfiats eich, Kinder", meint Bertl und marschiert los. Er nimmt aber einen anderen Weg.

Den Rest des Tages backen Paul und Elfi gemeinsam mit den Eltern verschiedene Sorten von Plätzchen und rösten knusprige Maroni. Hiervon werden die beiden später noch heimlich ein kleines Säckchen für den Herrn Friedlieb füllen. Im Hintergrund laufen wundervolle Weihnachtslieder, und auf dem Tisch brennt die dritte Kerze auf dem Adventskranz. Es ist herrlich gemütlich und duftet wie in einer Weihnachtsbäckerei. Draußen wird es langsam dunkel, und leise fällt wieder Schnee vom Himmel. Alle sind sich einig, dass dieses Jahr die Weihnachtszeit ganz besonders schön ist.

Am Abend liegt Paul glücklich in seinem Bett, als plötzlich sein Walkie-Talkie rauscht.

„Paul? Elfi? Seit ihr da?", ruft Rosalie viel zu laut. Paul hüpft schnell aus seinem Bett und funkt aufgeregt zurück: „Psst, Rosalie, bitte nicht so laut. Meine Eltern hören dich sonst noch!"

„Tut mir leid! Ich wollte euch nur schnell Bescheid geben, dass ich endlich wieder zurück bin", flüstert sie ins Walkie-Talkie.

„Ich bin soo froh, dass du dich endlich meldest", sagt Paul vollkommen erleichtert. „Du kannst dir nicht vorstellen, was Elfi und Ich die letzten zwei Wochen alles erlebt haben!" Hastig erzählt er Rosalie über die vergangenen Ereignisse.

„Das klingt aber nach einem richtigen Abenteuer", sagt sie schmunzelnd.

„Da ist noch etwas: Wir haben eine sehr gruselige Begegnung mit dem Krampus gehabt. Er hat uns gesagt, dass wir angeblich etwas besitzen, was er gerne bis zum vierten Advent von uns ausgehändigt haben möchte", flüstert Paul.

„Interessant. Hat er denn gesagt, was das sein soll?", fragt Rosalie skeptisch.

„Nein, leider nicht! Er meinte, dass wir dich fragen sollen!", erzählt Paul.

Einen Moment ist es am anderen Funkgerät ruhig, bis Rosalie sich wieder meldet.

„Kommt doch bitte morgen so schnell wie möglich in meine Hütte."

20. DEZEMBER

Paul war die ganze Nacht so aufgeregt, dass er fast kein Auge zu bekommen hat. Am liebsten hätte er Elfi sofort Bescheid gegeben und ihr die Neuigkeit erzählt, dass Rosalie endlich zurück ist und sich gemeldet hat. Am Frühstückstisch zappelt Paul nervös herum.

„Elfi und ich würden heute gerne an den Chinesischen Turm gehen. Dort werden in einer kleinen gemütlichen Hütte täglich Weihnachtsgeschichten vorgelesen", fragt er vorsichtig seine Eltern, mit der Hoffnung, dass diese die Warnung vor dem Krampus vergessen haben.

„Das kommt nicht in Frage. Der Krampus läuft immer noch da draußen rum", sagt Pauls Papa streng.

„Bitte Papa, wir passen auch auf und sind pünktlich um 12 Uhr wieder zurück", bettelt er seinen Vater an. Bevor dieser mit Widerworten antworten kann, mischt sich seine Mutter ein.

„Liebling, jetzt sei nicht so streng mit dem Jungen. Was hältst du davon Paul, wenn wir euch heute begleiten? Papa und ich können doch in der Zeit gemütlich einen Punsch trinken, nach Weihnachtsgeschenken schauen und eine Runde Eisstockschießen", sagt sie ruhig, während sie ihrem Mann einen Kuss auf die Wange schmatzt.

„Du hast ja recht Schatz. Immerhin haben wir frei und es liegt richtig viel Schnee draußen. Weihnachtlicher kann es fast nicht mehr werden. Da kann uns so ein Bursche im Krampus Kostüm die Laune nicht verderben", antwortet Pauls Vater verschmitzt.

„Juhu, ihr seid die Besten", ruft Paul glücklich und stürmt aus dem Zimmer. Während er sich anzieht, denkt er: „Wenn ihr wüsstet, dass der Krampus aus einem magischen goldenen Weihnachtsbuch abgehauen ist, dann ..."

Als die vier am Chinesischen Turm ankommen, vereinbaren sie das alte Kinderkarussell als Treffpunkt.

„Punkt 13 Uhr. Also in einer Stunde. Hört ihr beiden", ruft Pauls Papa den zweien noch hinterher. Doch die sind schon längst außer Hörweite.

„Na endlich sind wir alleine. Ich platze schon vor Neugierde. Was hat Rosalie gesagt?", drängelt Elfi schon ganz nervös.

„Noch nichts! Deshalb sollen wir ja heute hinkommen, damit sie uns alles in Ruhe erzählen kann", berichtet Paul aufgeregt.

„Na, hoffentlich ist sie heute auch wirklich da!", sagt Elfi misstrauisch.

An der Hütte angekommen, ist die Tür wie immer nur einen Spalt angelehnt. Die beiden öffnen sie vorsichtig und werden zu ihrer Überraschung tatsächlich von Rosalie persönlich empfangen.

„Hallo, ihr zwei. Lasst euch drücken", ruft sie freundlich mit ausgestreckten Armen. Paul und Elfi fallen Rosalie erleichtert um den Hals.

„Ich schulde euch eine Erklärung!", sagt sie mit ruhiger Stimme, während sie die beiden lächelnd anschaut. „Ich mache euch jetzt erst mal eine leckere heiße Schokolade und hänge draußen ein

Schild auf, dass uns keiner stören soll!“

Kurze Zeit später sitzen Paul und Elfi gemütlich mit ihrem Kakao auf den Schafsfellen auf dem Boden und schauen Rosalie, die in ihrem roten Samtsessel sitzt, erwartungsvoll an.

„Als euch zweien das goldene Buch aus der Hand gefallen ist, hat es unglücklicherweise einen kleinen Riss bekommen. Durch den konnten dann verschiedene Wesen in diese Welt gelangen“, erzählt Rosalie.

„Herr Friedlieb und der Krampus, richtig?“, fragt Elfi aufmerksam.

„Genau Elfi! Das Buch birgt 24 Geschichten, von der jede sich erst um Mitternacht offenbart. Das bedeutet, dass du immer nur die vergangenen und die heutige Geschichte lesen kannst.

Paul überlegt. „Das erklärt, warum wir damals nur bis zum 5. Dezember blättern konnten und die anderen Seiten fest verschlossen waren.“

Elfi zappelt aufgeregt. „Ja, genau! Als wir ein paar Tage später noch einmal hier waren, konnten wir bereits bis zum 10. Dezember blättern. Hier ist uns dann der Schatten neben dem Nikolaus aufgefallen.“

„Ihr kleinen Spürnasen habt das sehr richtig erkannt. Denn als ich am Abend des 5. Dezembers die Hütte verlassen habe, konnte ich leider noch nicht ahnen, welche Wesen es noch in diese Welt verschlagen hatte. Doch als ich wieder herkam und sich weitere Geschichten geöffnet hatten, musste ich mit Entsetzen feststellen, dass es auch der Krampus geschafft hatte, durch den Riss zu entkommen“, erzählt Rosalie.

„Deshalb musstest du also mit einem Spezial-Zug vereisen?“, fragt Paul neugierig.

„Ja, genau! Aus diesem Grund bin ich doch mit dem Nordpol-Express zum Nordpol gefahren, um dort den Weihnachtsmann zu informieren und um Hilfe anzufordern“, meint Rosalie. „Das war ganz schön zeitaufwendig, sag ich euch. Dadurch, dass das Internet nicht funktioniert, konnte ich ja leider nicht einfach anrufen oder eine E-mail schreiben.“

Paul und Elfi schauen sich fassungslos an.

„Mit dem Nordpol-Express zum Weihnachtsmann!“, sagt Elfi skeptisch.

„Ich war mir fast sicher, den ... das alles ... gibt es überhaupt nicht.“, stammelt Paul.

„Na, na, Kinder, wieso, glaubt ihr, können sonst ein Fuchs und ein Krampus aus einem Buch entwischen? Oder ein Elch zum Leben erweckt werden?“, fragt Rosalie die zwei verschmitzt. Ihr beide könnt den Bertl und den Herrn Friedlieb doch auch nur sehen, weil ihr tief in euch drinnen, noch an all das glaubt.

Die beiden Freunde schauen sich entgeistert an. Natürlich hatten sie sich schon gedacht, dass das alles nicht mit rechten Dingen zugeht, aber von Rosalie zu hören, dass der echte Weihnachtsmann beteiligt ist, machte die zwei dann jetzt doch sprachlos und ein klein wenig nervös.

„Dann war der Mann, den ich damals in der U-Bahn gesehen habe, der …" stottert Paul, als Rosalie ihn lachend unterbricht. „ … der echte Weihnachtsmann!"

„Das ist ja so verrückt, das glaubt uns niemand", sagt Elfi immer noch fassungslos.

„Ich erzähle euch jetzt die Geschichte über das goldene Buch und was es damit auf sich hat." Paul und Elfi beugen sich gebannt zu Rosalie und spitzen ihre Ohren.

„Jedes Jahr werden die Geschichten aus diesem goldenen Buch irgendwo auf der Welt vorgelesen. Der Weihnachtsmann reist das ganze Jahr durch alle Dörfer, Städte, Länder und Kontinente, um sich einen Ort auszusuchen, der seiner Meinung nach für die diesjährige Weihnachtszeit der richtige ist. Dieses Mal hat er sich für München entschieden. Das goldene Buch muss bis um Mitternacht des 24. Dezembers wieder mit all seinen Wesen fest verschlossen werden. Dafür wird ein Schlüssel benötigt, der an einem sicheren Ort liegt."

Plötzlich klopft es kräftig an der Tür, und die drei schrecken aus ihrem Gespräch und ihren Gedanken hoch.

„Paul, Elfi, seid ihr da drin?", fragt Pauls Papa und klingt dabei ein bisschen besorgt.

„Oh nein, wir haben mal wieder total die Zeit vergessen", ruft Paul. „Jaaa, sind wir! Einen Moment noch! Wir kommen gleich." Die zwei Freunde rappeln sich auf und ziehen ihre Jacken an.

„Wir treffen uns morgen wieder hier, um alles Weitere zu besprechen. Bitte bringt Herrn Friedlieb und den Bertl mit. Wir haben noch viel zu erledigen", meint Rosalie, während sie langsam die Tür aufsperrt. „Ach noch eins. Hier, Elfi, da hast du dein Walkie-Talkie wieder. Das brauche ich jetzt nicht mehr!"

Im Radio geben sie frühmorgens Entwarnung und berichten, dass es der Polizei angeblich gelungen sei, den unheimlichen Krampus zu stellen und ihn in Gewahrsam zu nehmen. Paul und Elfi, die sich endlich wieder mit ihren Walkie-Talkies anfunken können, finden diese Nachricht äußerst komisch und können sich auch nicht vorstellen, dass es der Polizei wirklich gelungen ist, einen Krampus, der aus einem magischen Buch entkommen ist, einfach so zu fangen. Wenigstens dürfen die beiden jetzt wieder ohne Erwachsene nach draußen gehen. Sie müssen unbedingt sofort zu Rosalie aufbrechen, um alle Details über den Krampus, den Weihnachtsmann, den Fuchs, den Elch und all die anderen Dinge zu erfahren.

Im Hinterhof angekommen, ist weit und breit keine Spur von Bertl und von Herrn Friedlieb zu sehen.

„Wo treiben die sich nur schon wieder rum?“, fragt Elfi und schaut sich dabei suchend um. „Komm Paul, benutze schnell deine Pfeife, damit wir alle gemeinsam losgehen können.“

„Stimmt, du hast recht, die habe ich ja total vergessen“, antwortet Paul kopfschüttelnd. Er greift in seine Jackentasche und holt die Holzpfeife heraus. Er möchte gerade hineinpusten, als der Fuchs um die Ecke marschiert.

„Da bist du ja! Aber wo hast du denn unseren Bertl gelassen?“, fragt Elfi verwundert. Herr Friedlieb, der sich gerade eine Pfote voll Maroni in den Mund wirft antwortet kauend.

„Den habe ich bei Rosalie gelassen. Der fand es da so gemütlich. Na los, ich wollte euch nur schnell abholen. Rosalie wartet schon auf uns! Wir haben noch einiges bis morgen Abend zu erledigen!“

Die drei machen sich gemeinsam auf den Weg zum Chinesischen Turm. Als sie Rosalies Hütte erreichen, lachen sie laut auf. Drinnen liegt Bertl gemütlich auf dem Boden. Vor ihm steht ein riesiger Eimer vollgefüllt mit heißem Kakao, den er genüsslich mit einem ebenso großen Strohhalm trinkt und dazu fröhlich vor sich hin summt. Paul und Elfi stürzen sich auf ihn und umarmen ihn.

„Ach Bertl, wir haben dich schon vermisst!“ rufen die zwei glücklich.

Bertl, der sich bei dem Überfall ein wenig verschluckt hat, hustet und rülpst daraufhin laut.

„Sappradi! Griaßt eich Kinder. Des duad ma jetzt aber leid. I hob mi no so erschrocka.“

Die drei lachen sich darüber so schief, dass sie gar nicht bemerken, dass Rosalie hereinkommt.

„Hier ist ja eine ausgelassene Stimmung“, sagt sie freundlich. „Dann hast du es ihnen noch nicht erzählt, Bertl?“

Paul und Elfi schauen erst sich und dann den Bertl verwundert an. „Was, hast du uns noch nicht erzählt? Was ist denn los? Spuck schon aus!“, drängt Paul besorgt. Der Elch schaut niedergeschlagen auf den Boden und gesteht, dass er das Singen auf dem Weihnachtsmarkt der Residenz so schrecklich vermisst. „Wisst's, mir feid hoit des Singa so sehr, und das mi alle leid und Kinder oschaua und sie gfrein wenn sie mi sehgn. Nix für ungut, ihr zwoar seid's Spitze, aber i hätt hoit gern wieder a grösser's Publikum.“

„Ach Bertl, das können wir doch verstehen“, sagt Elfi betrübt, während sie ihm seinen Hals streichelt. Er schaut die beiden mit seinen großen, treuen Augen fragend an.

„I hoff, ihr seid‘s ma jetzt net bös?“

Paul und Elfi schmunzeln. „Wie könnten wir dir denn böse sein? Ich bin froh, dass ich dich persönlich kennengelernt habe“, ruft Paul.

„Und ich auch.“, sagt Elfi selig. Bertl springt auf und beginnt aus voller Kehle laut und überglücklich „Oh du fröhliche...“ zu singen, und die anderen drei stimmen freudig mit ein. Herr Friedlieb hingegen lehnt im Türstock und beobachtet das ganze Spektakel.

Als das Lied vorbei ist, setzt sich Rosalie in den Sessel und schaut die beiden Kinder lächelnd an.

„Herr Friedlieb wird den Bertl heute Nacht unbemerkt wieder zurück in den Märchenwald der Residenz bringen. Jetzt wo ich wieder hier bin, können wir es auch ohne den Bertl mit dem Krampus aufnehmen.“

„Mei, des wird so schee moang“, träumt Bertl vergnügt.

Elfi schaut Herrn Friedlieb neugierig an. „Und wie willst du das anstellen?“

„Das lass mal schön meine Sorge sein du neugieriges Fräulein!“, antwortet Herr Friedlieb amüsiert.

Rosalie klatscht in die Hände. „Hopp, hopp! Wir haben noch viel zu tun. Wir müssen uns einen Plan überlegen, wie wir den Krampus überlisten können. Ich hoffe sehr, dass unsere Hilfe bald eintrifft. Denn ohne werden wir es wohl nicht schaffen!“

Elfi und Paul schauen Rosalie verwundert an. „Welche Hilfe denn?“

Rosalie überlegt. „Hmm, wie soll ich euch das am besten erklären. Es handelt sich hierbei um eine Art Falle, mit deren Hilfe wir den Krampus wieder zurück in das Buch bekommen.“

„Im Radio haben sie berichtet, dass die Polizei es angeblich geschafft hat, den Krampus ins Gefängnis zu bringen“, erzählt Paul.

„Ja, ja! Das habe ich auch gehört. Das ist aber vollkommen unmöglich. Da haben die Beamten wohl einen falschen Krampus festgenommen“, sagt Rosalie lachend. „Unser kann nur mit Hilfe von Magie wieder eingefangen werden.“

Paul setzt sich auf den Boden und überlegt vor sich hin. „Du, Rosalie, was will denn nun der Krampus eigentlich von uns haben? Und warum sind Elfi und ich in diese Geschichte verwickelt?“

„Ach, du lieber Himmel. Ich bin aber auch schusselig. Hab ich euch das immer noch nicht erzählt?“, sagt Rosalie überrascht und gießt sich dabei einen Pfefferminztee in ihre Tasse ein. „Er möchte euren Weihnachtsanhänger, weil er denkt, dass dieser der Schlüssel für das goldene Buch ist.“

Paul und Elfi schauen sich verständnislos an.

„Der Krampus möchte von uns den Anhänger haben? Woher wusste er überhaupt, dass wir es sind, die diesen haben?“

„Das ist ganz einfach zu beantworten“, sagt Rosalie. „Er ist farbenblind und kann die Welt nur in Schwarzweiß sehen. Aber das Kind, das sich der Weihnachtsmann ausgesucht hat, leuchtet für ihn bunt und so hat er dich in der Menge schnell erkennen können.“

Die zwei Freunde schauen sich sprachlos an.

„Das wird ja immer verrückter“, ruft Paul völlig verwirrt. „Was bedeutet denn überhaupt: ‚Das Kind, dass sich der Weihnachtsmann ausgesucht hat‘?“ Rosalie legt ihre Hand ruhig auf die seine und sagt mit ruhiger Stimme:

„Ich verspreche dir, das wirst du noch früh genug erfahren!“

Elfi schaut Rosalie verwundert an.

„Also, ich kapiere jetzt auch überhaupt nichts mehr! Und warum hat Paul dann auf einmal zwei Anhänger in seiner Tasche?“

Rosalie schaut die beiden Kinder mit weitaufgerissenen Augen an und ruft.

„Was, ihr habt zwei Anhänger? Zeig mal her?“ Paul holt die zwei Holzweihnachtsmänner aus seiner Tasche und reicht sie Rosalie. Den einen habe ich unten in der U-Bahn gefunden und der andere ist plötzlich aufgetaucht. Sie sind fast identisch, nur die Gravuren sind unterschiedlich.“

Rosalie springt auf, umarmt Paul und Elfi überglücklich und lacht.

„Die Hilfe war ja schon die ganze Zeit in deiner Tasche!“

Paul schläft tief und fest, als er plötzlich von einem Geräusch hochschreckt. Irgendetwas ist an seinem Fenster. Paul ist starr vor Angst. Hoffentlich ist das nicht der fürchterliche Krampus, denkt er sich. Da sieht er auf einmal einen roten Puschelschwanz an der Scheibe vorbeilaufen. Und tatsächlich sitzt dort auf dem Fensterbrett Herr Friedlieb und klopft. Paul macht das Fenster verdutzt auf und lässt den Fuchs in sein Zimmer.

„Was machst du denn hier mitten in der Nacht?", flüstert Paul.

„Ich war gerade in der Nähe und habe gedacht, ich schau mal vorbei!", sagt der Fuchs und wirft sich gemütlich in den Knautschsack.

„Pssst, nicht so laut!", ermahnt ihn Paul. „Es ist mitten in der Nacht."

„Seit das Gerücht in der Stadt über einen Maroni-Dieb herumgeht, ist es für mich leider nicht mehr so einfach, welche zu ergaunern. Ich sterbe fast vor Hunger", stöhnt Herr Friedlieb während sein Bauch grummelt. Paul sucht leise in seiner Schreibtischschublade nach dem Säckchen mit den Maroni, die Elfi und er ein paar Tage zuvor extra für den Fuchs geröstet haben, und hält sie ihm unter die Nase. „Du hast Glück: Die wollten wir dir sowieso schenken."

Herr Friedlieb stößt einen kleinen Begeisterungsschrei hervor.

„Juhuuu, das ist ja herzallerliebst! Das ist meine Rettung. Kommt her ihr meine köstlichen Maroni!"

„Pssst, nicht so laut. Du weckst noch meine Eltern auf", ermahnt Paul ihn erneut.

Herr Friedlieb, der ihm gar nicht zuhört, wirft sich glücklich eine Maroni nach der anderen in den Mund und summt fröhlich vor sich hin.

Als Herr Friedlieb schließlich das ganze Säckchen verputzt hat, leckt er sich seine Pfoten und schaut Paul an.

„Ich habe übrigens unseren Bertl wieder zurück in den Märchenwald gebracht. Ihr könnt ihn dort besuchen. Er ist überglücklich und übt schon fleißig für seinen morgigen Auftritt.

Beide lachen leise.

„Darf ich dich mal was fragen?" flüstert Paul. „Wieso hast du eigentlich den Bertl zum Leben erweckt?"

Auf das Gesicht vom Fuchs schleicht sich ein breites Grinsen.

„Der Weihnachtsmann höchstpersönlich hat mich darum gebeten!"

Paul schaut Herrn Friedlieb mit großen Augen an. „Hä? Wie? Warum?"

Herr Friedlieb fährt fort:

„Als er von Rosalie erfahren hat, dass nicht nur ich, sondern auch der Krampus aus dem Buch in diese Welt gelangt ist, hat er sich Sorgen gemacht."

„Aber warum denn das?", fragt Paul neugierig.

„Das ist doch ganz einfach. Der Krampus ist unberechenbar, flink und sehr stark. Zu diesem

Zeitpunkt, wussten wir alle noch nicht was er genau im Schilde führt. Der Weihnachtsmann kannte aber seine Schwachstelle, und das war seine Allergie gegen Elchhaare. Und so hat er mich beauftragt, ihn zu unserem Schutz zum Leben zu erwecken. So lange wenigstens, bis Rosalie wieder zurück ist und Hilfe eintrifft. Cooler Typ, oder?", sagt Herr Friedlieb verschmitzt.

Paul ist sprachlos. Der Fuchs schüttet sich die restlichen Maronikrümel in den Mund und spricht kauend.

„Der Termin für die Übergabe ist heute Abend um sechs Uhr im Märchenwald. Wie besprochen, haltet euch im Hintergrund und bleibt in Bertls Nähe." Dann hüpft er elegant aus dem Fenster und verschwindet in der Nacht.

Nachdem Herr Friedlieb aus Pauls Zimmer verschwunden ist, liegt Paul noch sehr lange wach und grübelt. Als draußen endlich die Sonne aufgeht, funkt er sofort Elfi an, um ihr von dem nächtlichen Besuch vom Fuchs zu erzählen.

Am Frühstückstisch liest Pauls Vater wieder einmal den Artikel des Tages vor. „Das müsst ihr euch anhören. Ich werde verrückt", ruft er lachend. *„Niemand kann sich erklären, wie es den Dieben gelungen ist, den Elch an seinen alten Platz zurückzubringen, ohne dabei Aufsehen zu erwecken. Er ist auf magische Weise wieder aufgetaucht, wie er verschwunden ist!"* Paul schmunzelt in seinen Kakao.

„Das ist wirklich ein Ding, Papa! Ich finde wir sollten uns gleich heute Nachmittag selbst davon ein Bild machen!", schlägt er vor.

„Das ist eine gute Idee, mein Schatz", sagt Pauls Mutter glücklich und zündet die vierte Kerze auf dem Adventskranz an.

Als Paul, Elfi und seine Eltern am Nachmittag auf dem Weihnachtsmarkt der Residenz ankommen, ist dieser komplett überfüllt. Die vier haben Mühe, sich bis zum Märchenwald durchzukämpfen. Aus der Ferne hören Paul und Elfi schon Bertls Stimme, wie er laut sein Lieblingslied „Oh Tannenbaum" singt. Die zwei schmunzeln glücklich. Endlich haben es die vier geschafft, sich bis zur Holzhütte vorzukämpfen. Die beiden Freunde stellen sich genau vor den Elch und lachen ihn glücklich an und flüstern ihm zu. „Hi Bertl! Schön, dich hier zu sehen". Bertl, der Paul und Elfi natürlich sofort erkennt, zwinkert ihnen zu und verschluckt sich kurz vor Freude.

Pauls Eltern lassen die beiden Freunde im Märchenwald zurück und machen sich auf den Weg in Richtung Glühwein- und Würstchenstand, um für alle etwas zu holen. Paul und Elfi schauen nervös auf die Uhr.

„Bald ist es soweit!", sagt Paul aufgeregt. Elfi hüpft von einem Bein auf das andere.

„Wo sind nur Rosalie und Herr Friedlieb?"

„Die kommen sicher bald", hofft Paul und schaut sich um. Stattdessen sehen sie, wie ein großer Mann mit einem langen braunen Mantel und riesiger Kapuze sich den Weg durch die Menge bahnt.

Er trägt eine Skibrille und ein Halstuch im Gesicht, damit die Leute seine grässliche Fratze nicht sehen können. Paul und Elfi schaudern als sie ihn sehen. Der Krampus stellt sich genau neben den aufgebauten Schlitten des Weihnachtsmannes und wartet mit tief heruntergezogener Kapuze.

„Puuh, zum Glück habe ich den Kräutertee von Rosalie bekommen, der mich wieder für den Krampus schwarzweiß macht", flüstert Paul erleichtert.

„Sieh doch, dort drüben kommt Rosalie. Sie geht direkt auf ihn zu!", sagt Elfi.

„Wo ist denn Herr Friedlieb?", fragt Paul aufgeregt. Die beiden können vor Aufregung kaum noch atmen. Rosalie, die jetzt direkt vor dem Krampus steht, übergibt ihm den Anhänger. Paul und Elfi können beobachten, wie er diesen dreht und auf einmal lospoltert.

„Das ist nicht der richtige! Ich reiße alles in Stücke" Die zwei Freunde stehen wie angewurzelt da, als plötzlich Herr Friedlieb aus dem Gebüsch hüpft, dem Krampus dabei die Brille herunterreißt und ihn mit einem selbstgemachten Besen aus Bertls Elchhaaren die Nase kitzelt. Paul und Elfi sind fassungslos.

„Das ist ja wie in einem Actionfilm!", ruft Paul. Der Krampus weiß überhaupt nicht, wie ihm geschieht und fängt sofort an zu niesen. Diese Gelegenheit nutzt Rosalie. Sie zieht das goldene Buch und den echten Schlüssel aus ihrem Mantel und berührt den Krampus damit. Wie genau, erkennen Paul und Elfi nicht. Aber es dauert nur eine Sekunde, und alle drei sind wie vom Erdboden verschwunden.

Als Paul in der Früh aufwacht, reibt er sich seine Augen und ist immer noch fassungslos, über das was gestern Abend im Märchenwald passiert ist. Er setzt sich auf die Bettkante, schaut nachdenklich nach draußen und entdeckt dabei eine Maroni auf dem Fensterbrett. Paul öffnet hastig das Fenster und sieht sich nach Herrn Friedlieb um, aber von dem ist weit und breit nichts zu sehen. Traurig nimmt er die Maroni und schließt das Fenster. Paul lässt sich wieder auf sein Bett sinken und betrachtet gedankenversunken die Maroni in seiner Hand, bis ihm auf einmal etwas auffällt.

„Moment mal", sagt er laut. „Da steckt doch ein kleiner Zettel drin!". Vorsichtig zieht er eine kleine Notiz heraus, auf der ganz winzig geschrieben steht:

„Kommt so bald wie möglich in Rosalies Hütte! Euer Herr Friedlieb!"

Paul kann es nicht fassen und zieht sich in Windeseile an. Draußen im Flur ruft er hastig seinen Eltern zu: „Ich muss noch ganz schnell euer Weihnachtsgeschenk am Chinesischen Turm abholen." Paul läuft in großen Schritten die Treppe zu Elfis Wohnungstür hinunter und klingelt Sturm. Als Elfi aufmacht, ruft er nur.

„Schnell, wir müssen los! Wir dürfen keine Zeit verlieren. Herr Friedlieb hat mir eine Nachricht geschickt." Elfi schaut ihn mit großen Augen an und zieht sich ebenfalls in Rekordzeit ihre Jacke an. Die zwei Freunde laufen durch den hohen Schnee in Richtung Rosalies Hütte. Dort angekommen, reißen sie völlig außer Atem die Tür auf und sehen Rosalie gemütlich in ihrem Sessel sitzen sowie Herrn Friedlieb, der fröhlich auf dem Boden liegt und Maroni isst.

„Was ist denn mit euch beiden los? Werdet ihr etwa verfolgt?", fragt der Fuchs verwundert.

Paul und Elfi umarmen Rosalie und dann Herrn Friedlieb überglücklich.

„Hat denn gestern alles geklappt? Ihr wart auf einmal alle weg?", ruft Paul völlig aufgedreht.

Rosalie schmunzelt. „So, jetzt setzt euch erst mal hin und trinkt in Ruhe einen Tee."

„Das sah gestern aus, wie in einem Actionfilm.", sagt Elfi begeistert. „Der Sprung von dir, Herr Friedlieb, war großartig." Der Fuchs macht eine kleine Verbeugung.

„Vielen Dank für das Kompliment. Ich fühle mich geschmeichelt." Paul tritt ungeduldig von einem Bein auf das andere.

„Und? Habt ihr den Krampus zurück in das Buch bekommen?"

Rosalie nickt, holt das goldene Buch aus dem Regal und schlägt den *‚6. Dezember'* auf.

„Seht ihr, es ist alles wieder in bester Ordnung." Sie zeigt auf den Krampus, der wieder brav neben dem Nikolaus im Schnee steht.

„Das ist ja Wahnsinn!", ruft Paul völlig begeistert.

„Mit dem Mantel, der Skibrille und dem Tuch im Gesicht sieht er wenigstens auch nicht mehr so gruselig aus", lacht Herr Friedlieb.

Rosalie klappt das Buch auf ihrem Schoß zu und schaut Paul und Elfi gerührt an.

„Ohne eure Hilfe, hätten wir das alles gar nicht hinbekommen! Schön, dass ihr jederzeit an die Magie der Weihnacht geglaubt habt!", sagt sie mit einem Kloß im Hals. „Ihr wisst ja, dass alle Wesen bis um Mitternacht des 24. Dezember wieder in das goldene Buch zurückmüssen. Dazu zählt leider auch unser Herr Friedlieb. Denn nur dann schließt es sich wieder, mit all seinen Geheimnissen." Paul und Elfi schauen Herrn Friedlieb traurig an, als es auf einmal an der Tür klopft. Zu Ihrer Verwunderung stehen da Herr Müller-Holzmeister und Annegret Hartmann vom Weihnachtsmarkt der Münchner Freiheit. Rosalie begrüßt die zwei und lädt sie zum gemütlichen Sitzen ein. „Hallo ihr Lieben, immer rein in die gute Stube!".

„Was machen sie beide denn hier?", fragt Paul verwundert. Herr Müller Holzmeister lächelt und antwortet. „Das wird euch Rosalie jetzt sicherlich erklären, nicht wahr?"

Rosalie, die es sich mittlerweile wieder in ihrem Sessel gemütlich gemacht hat, nickt ihm zustimmend zu. Sie schaut Paul und Elfi durch ihre dicke Hornbrille verschmitzt an.

„Ich weihe euch jetzt noch in ein letztes Geheimnis ein: Ihr erinnert euch sicher daran, dass der Weihnachtsmann sich jedes Jahr einen anderen Ort auf der Welt aussucht, an dem das goldene Buch vorgelesen wird?" Paul und Elfi nicken. „An diesem speziellen Ort wählt er auch noch immer ein ganz besonderes Kind aus. Dieses Jahr, lieber Paul, hat der Weihnachtsmann dich auserkoren." Paul schaut irritiert in die Runde.

„Was hat das bitte zu bedeuten?", fragt er unsicher.

Rosalie lächelt ihn freundlich an. „Auf jeden Fall hat das etwas sehr gutes zu bedeuten." Herr Friedlieb, der gemütlich auf dem Boden herumliegt, mischt sich kurzerhand ein.

„Du und deine beste Freundin Elfi, ihr zusammen, habt von ihm eine besondere Weihnachtszeit geschenkt bekommen. Eine der ganz speziellen Art. Eine magische Schnitzeljagd, wenn ihr so wollt."

Elfi kratzt sich nachdenklich am Kopf.

„Wie meinst du das, eine Schnitzeljagd?"

„Ich meine damit, dass alles extra für euch geplant war. Der Krampus natürlich nicht. Aber der Holzanhänger, den Paul zufällig an der Münchner Freiheit gefunden hat, die Begegnung mit Herrn Müller-Holzmeister, Annegret Hartmann, die es die ganzen vier Wochen mit ihren Schneewaffeln und dem Puderzucker hat schneien lassen, die vielen Rätsel, die Radiodurchsage über Rosalies Hütte", ruft er amüsiert.

„Herr Friedlieb hat recht! Angefangen hat alles mit deiner Begegnung mit dem Weihnachtsmann in der U-Bahn und dem Ausfall des Internet", antwortet Rosalie ruhig.

Elfi schaut Herrn Friedlieb fragend an. „Und was ist mit dir? Bist du auch aus Versehen aus dem Buch gefallen oder bist du mit Absicht herausgesprungen?"

Der Fuchs schaut sie schelmisch an.

„Ich sag mal so: Ich habe einen guten Deal mit dem Weihnachtsmann geschlossen. Mehr verrate ich nicht!"

„Und was war das mit dem Krampus und Bertl?", fragt Paul.

„Der Krampus hat alles gehörig auf den Kopf gestellt, wodurch ich den Bertl zum Leben erweckt habe und wir alle zusammenhelfen mussten", erzählt Herr Friedlieb. Paul und Elfi schauen verwirrt in die Runde und können sich das alles nicht wirklich erklären. Rosalie lächelt die beiden an.

„Ihr müsst auch nicht alles verstehen und begreifen, denn zur Weihnachtszeit passieren allerlei magische, unerklärliche Dinge, ob geplant oder nicht!"

24. DEZEMBER

Paul wacht überglücklich auf, läuft ins Wohnzimmer und ruft:

„Fröhliche Weihnachten, Mama und Papa!" Zu seiner Verwunderung sind seine Eltern weit und breit nicht zu sehen. Mitten im Zimmer steht ihr selbstgeschlagener Weihnachtsbaum. Er ist wunderschön mit Kugeln, Lichterketten und Strohsternen geschmückt. Unter dem Baum liegt ein großes Paket, auf dem sich ein weißer Umschlag befindet. *„Für Paul von..."* Diese Handschrift kommt Paul sehr bekannt vor, und er überlegt, wo er diese schon einmal gesehen hat. Er schaut sich um und öffnet heimlich den Brief:

MEIN LIEBER PAUL,

ALS ICH DAMALS IN DER U-BAHN SASS UND GESEHEN HABE, DASS ALLE MENSCHEN NUR NOCH AUF IHRE TELEFONE SCHAUEN, WAR ICH KURZERHAND TRAURIG UND DACHTE, DASS ES JEDES JAHR IMMER SCHWERER WIRD, EIN KIND ZU FINDEN, DASS NOCH AN DIE MAGIE DER WEIHNACHT GLAUBT. ABER DANN HABE ICH DICH ENTDECKT. DU HAST MICH ANGESCHAUT, UND DA WUSSTE ICH, DASS DU UND SPÄTER NATÜRLICH AUCH DEINE FREUNDIN ELFI ZU DEN KINDERN GEHÖREN, DIE NOCH ZWEIFELN, OB ES MICH WIRKLICH GIBT ODER NICHT.
DER VIERWÖCHIGE AUSFALL DES INTERNETS SOLLTE DIE MENSCHEN EINANDER WIEDER NÄHERBRINGEN. VOR ALLEM SOLLTEN SIE NICHT ALLES IN EINER SUCHMASCHINE NACHSCHLAGEN, SONDERN MITEINANDER REDEN, DINGE WAHRNEHMEN UND UNERKLÄRLICHES ERFORSCHEN. UND WELCHE ZEIT IST BESSER DAFÜR GEMACHT, ALS DIE WEIHNACHTSZEIT? MAGIE FINDEST DU ÜBERALL, DU MUSST NUR AB UND AN AUFMERKSAM HINSCHAUEN, DAMIT DU SIE NICHT VERPASST. ICH WÜNSCHE DIR, ELFI UND EUREN FAMILIEN EIN WUNDERVOLLES WEIHNACHTSFEST.

IN LIEBE,
DER WEIHNACHTSMANN.

PS: DAS INTERNET WIRD UM MITTERNACHT WIEDER FUNKTIONIEREN!

Paul steht fassungslos da. Hält er gerade tatsächlich einen Brief vom Weihnachtsmann in seiner Hand? Das muss er sofort Elfi erzählen. Paul läuft aufgeregt in sein Zimmer und funkt Elfi an.

„Paul an Elfi, bitte kommen!"

„Fröhliche Weihnachten!", ruft Elfi.

Paul redet so schnell und stottert herum, dass Elfi beschließt, persönlich heraufzukommen.

„Sieh doch! Hier, der Brief ist vom Weihnachtsmann höchstpersönlich!", stammelt Paul. Elfi liest diesen aufgeregt durch und ist darüber ganz gerührt.

„Wer hätte das gedacht, dass wir dieses Jahr so eine verrückte Weihnachtszeit erleben?" sagt Elfi glücklich.

„Ja, das war wirklich alles mehr als wunderlich", lacht Paul.

„Was ist denn da in dem Paket drin?", fragt Elfi, während sie darauf zeigt. Paul schlägt sich mit der Hand an die Stirn.

„Das habe ich ja total vergessen!"

Die zwei öffnen gemeinsam das Paket, in dem Pauls kleiner Weihnachtsmann-Anhänger liegt mit der Gravur des Müller-Holzmeisters und noch ein zweiter für Elfi zur Erinnerung.

„Schön, dass ich ihn wieder habe. Den hänge ich gleich hier an den Weihnachtsbaum", sagt Paul strahlend.

„Warte mal. Da ist noch was drin", ruft Elfi aufgeregt. „Sieh doch! Das kleine Holzkästchen aus Rosalies Hütte.

Die beiden holen dieses aufgeregt heraus und öffnen es. Zum Vorschein kommen ein aus Holz geschnitzter Elch und ein Fuchs.

„Die sehen ja genauso aus wie unser Bertl und Herr Friedlieb!", ruft Paul entzückt.

„Das ist ja wunderbar. Jetzt sind sie immer bei uns", ruft Elfi überglücklich.

„Moment, da ist noch etwas!", sagt Paul überrascht und holt die Holzpfeife heraus in der ein kleiner Zettel hängt. „Falls ihr mal unsere Hilfe benötigt!"

Paul und Elfi schauen sich überrascht an.

„Die Holzkiste verstauen wir sicher in unserem Baumhaus!", flüstert Elfi.

„Gute Idee!", antwortet Paul.

„Das ist ja nicht zu glauben. Ist der schön! Habt ihr den Weihnachtsbaum etwa ganz alleine aufgestellt und geschmückt?", fragen Pauls Eltern verwundert, die gerade zur Tür hereinkommen. Die beiden Kinder drehen sich erschrocken um und überlegen kurz, was sie sagen sollen. Denn wenn es seine Eltern nicht waren, wer ist es dann gewesen?

Paul und Elfi rufen einfach glücklich: „Überraschung und frohe Weihnachten uns allen!"

Wie jedes Jahr am Heiligabend sitzen Pauls und Elfis Eltern zusammen mit den Kindern beim

Weihnachtsessen. Es gibt einen saftigen Gänsebraten mit Kartoffelknödeln. Es ist herrlich gemütlich, und draußen schneit es schon wieder große Flocken vom Himmel. Unter dem Weihnachtsbaum liegen bunt eingepackte Geschenke.

Pauls Papa lehnt sich zurück und schaut die Kinder neugierig an.

„Ich verstehe immer noch nicht, wie ihr beide den Weihnachtsbaum alleine aufstellen und schmücken konntet?“

Die beiden Freunde schauen sich an und lächeln verschmitzt.

„Ihr müsst auch nicht alles verstehen, denn zur Weihnachtszeit können allerlei magische und unerklärliche Dinge passieren!“ Pauls Papa lacht.

Nach dem Essen sitzen alle zusammen vor dem Weihnachtsbaum und singen *„Oh Tannenbaum“.* Dann packen sie ihre Geschenke aus. Die zwei Freunde bekommen von ihren Eltern je eine Armbanduhr geschenkt, damit sie in Zukunft nicht immer die Zeit vergessen. Und Paul und Elfi schenken ihren Eltern Walkie-Talkies. Nur für alle Fälle, falls das Internet mal wieder ausfallen sollte. Sicher ist sicher!

„Habt ihr das gehört?“, fragt Paul plötzlich in die Runde.

„Ja! Es klang wie ein Glöckchen.“, sagt Elfi aufgeregt.

Alle spitzen ihre Ohren und sehen gespannt zum Fenster hinaus. Doch draußen ist weit und breit nichts zu sehen. Nur aus der Ferne hören sie die Glöckchen, und vom Himmel tanzen dicke weiße Schneeflocken.

„OH DU WUNDERLICHE WEIHNACHTSZEIT!“